王曉平 編著

日藏詩經古寫本刻本彙編

（第一辑）

第四册

中華書局

韓詩外傳

卷一——卷十

目録

韓詩外傳研究序說

王曉平

一 寶曆和刻本屬薛汝修本系統

對於《韓詩外傳》，《四庫提要》說：「王世貞稱《外傳》引《詩》以證事，非引事以明《詩》，其說至確。」四庫館臣認爲《外傳》無關詩義，只把它附在經部《詩經》類的最後。《韓詩外傳》的主要内容是講故事，而後引用詩句，不過是增加故事的說理内容，所以其對詩句的理解，重在理而不在情，最多也是以情輔理，關心的並不在於對引文理解是否精準，重點是用故事來吸引人來聽，有人聽了，目的就大半完成。然而，今天閲讀《韓詩外傳》的理由，多是在於它記録的那些古代故事和傳說，並可藉以校勘諸子古籍。不過，從《詩經》的接受史來說，我們不妨視它爲一種接受的管道，因爲在閲讀過程中，至少讓讀者更多一個咀嚼回味詩句的機會。陳喬樅《韓詩遺說考・序》說：「今觀《外傳》之文，記夫子之緒論與春秋雜說，或引詩以證事，或引事以明詩，使爲法者章顯，爲戒者著明，雖非專於解經之作，要其觸類引申，斷章取義，皆有合於聖門商、賜言《詩》之義也。」認爲《外傳》繼承了孔子、荀子說詩的方法，從《外傳》論《詩》的角度看，也不妨視爲漢代一種「讀《詩》心得」。

《韓詩外傳》研究，清人考訂全書的以趙懷玉的校和周廷寀的注最爲著名。日本所傳《韓詩外傳》，平安時代藤原佐世撰《日本國見在書目》的「詩家」，一開頭就著録「《韓詩外傳》十卷，韓嬰撰」。這裏影印的是江户中期的鳥山宗成的校本的補刻本。

江户時代有關《韓詩外傳》的研究，江口尚純《江户時期〈詩經〉關係書目（第二次分類版）》，僅有如下數種：

《韓詩外傳引詩篇目》，一册，烏山宇内，明和元年。（備考：據《大阪出版書籍目録》。）

《韓詩外傳管見》，十卷，米良東嶠，寫本。（備考：天滿宫〔《韓詩外傳管見》十卷，與《列子標注》合〔《列子標注》一册〕〕）

《韓詩外傳考》，二卷補一卷，岡本保孝（况齋），親筆本。（備考：静嘉堂文庫）

《韓詩外傳標注》，西島城山。（備考：《近代漢學者著述目録大成》）

《韓詩外傳辨》，四卷四册，岡本保孝，寫本。（備考：京都大學）

《校韓詩外傳》，藤澤子山。（備考：《近世漢學者著作大事典》）

《校注韓詩外傳》十一册，川目直，親筆本，寫本。（備考：慶應大學斯道文庫〔親筆稿本，附《逸文》一卷，《增韓詩外傳》二卷。〕）

《齊魯韓詩説》，林述齋。（備考：《近代漢學者著述目録大成》）[一]

以上所列，皆爲寫本。據現在掌握的材料，江户時代有關《韓詩外傳》的和刻本很少，寶曆九年的這個本子刊印並至今流傳，可以説是難得的幸運。

和刻本《新刻韓詩外傳》淺野彌兵衛版，有寶曆九年（一七五九）玉山氏撰寫的序言。據筆者所考，此序爲肥後（今熊本縣）藩士、漢詩人秋山玉山（一七〇二—一七六三）所撰。玉山曾前後十年學於昌平黌；晚年歸肥後創辦時習館，善詩文。病卧旬日，不廢吟哦，病革扶起端坐，求紙筆，大書「清鏡無底，水月似我」八字，擲筆而殁。玉山姓秋山，「先哲叢談」仿中國稱其爲「秋玉山」，字儀，故本序中自稱「秋儀」，字子羽，序末有「子羽」印。此序書於江

[一] 張寶三、楊儒賓編：《日本漢學研究續探：思想文化篇》，上海：華東師範大學出版社，二〇〇八年，六七頁。

户。秋山玉山隨肥後侯往江户，途經今大阪，烏世章前來求序，後秋山玉山至江户，烏世章又寄去自撰詩文再次求序，秋山方命筆。

先王之教，始於誦數，數之始於詩。詩可以興，可以觀，可以群，可以怨，邇之事父，遠之事君，多識於鳥獸草木之名。故夫子雅言也，而罕言寓焉。亦唯温厚和平，諷詠弦歌，循循然善誘人，使人思而自得之。知來起予，職此之由。故古之學者必先於《詩》焉，然後經藝可陳。苟不先於《詩》乎，經藝不可得而陳也，亦後終面牆而已。故鹽梅，五味之和也；四詩，六經之和也。

諸家之傳，得失互有。燕人韓嬰亦著内外傳，惜矣《内傳》不傳，唯《外傳》存其書，博采古人言行，引《詩》釋之。其文贍，其辭縟。夫讀者欣然忘疲，厭而飫之，愈嚼愈覺其味之彌長。於是乎，自經史而外，及諸子百家之言渾然以融乎《詩》，而無凝滯焉。其爲義之府也昭昭矣。設令夫子而在乎，亦當曰：「嬰也，始可與言詩已矣。」

諸家訓詁，局於一經，豈如韓之旁通貫綜哉！元傳山東張綽士行云：「《外傳》傑出」，可謂知言矣。

己卯春，余從吾侯而東之，自上浪華磯，夜宿逆旅之舍。有人攜是本來曰：「是誠烏世章所校，今將上木，願乞子一言。」余年無耳順，目有玄花，又不能五行俱下，加之跋涉之勞未除，燈下草草讀數葉而已。且未幾，其人將行以措辭。明發，倉皇上途。四月抵江都，不復以序爲念。後數月，世章寄余詩及文，申以拙序之役。余受而讀之，亦猶見其人乎！義遂不可固辭，因題其辭曰：草間之蛇翹首尺，其修短立見。余於校本亦未卒業，既已知其必有裨於學者也云。

寶曆九年秋九月肥藩秋儀書于江都龍口頭舍之中。

文中所説的「浪華」爲古大阪的别稱。作者烏世章，即烏山宗成，爲南越人，南越指越前國（今福井縣）南部。

又有寶曆己卯年（一七五九）端午南越烏宗成撰《韓詩外傳序》：

孔門之説詩也，猶造父之御車，孫子之用兵也。進退步驟，奇正開闔，惟其意之所欲出焉。至矣，盡矣，其蔑以加於此矣。繼之者，其惟孟子耶？其所謂不以文害辭，不以辭害志，以意逆志者，實開萬世説詩之法也。自孟子没，寥寥乎亡聞哉。

降迨後世，引繩墨而論之，取性理以鼓之，則詩道幾乎熄矣。獨韓氏在漢文之世，著韓詩内外傳，當斯時，孔門之澤未墜於地，賢不賢，識其大小。韓氏蒐而鳩之。其文也，非老也，非莊也，非孟也，非荀也，非賈、董、兩馬也。秦漢之間，别構一家，乃爲藝苑絶品。蓋繼孟子而興者，豈非斯人歟？

惜乎《内傳》既亡，《外傳》孤行。余在鄉之日，甚嗜韓詩。嘗病《外傳》之多衍脱謬誤，讀之使人不勝乙。反覆校之，繕爲善本。又傷《内傳》之亡，妄不自揣，剽掠盜竊以擬之。琢字成辭，屬辭成篇。篇凡五十餘，猶未脱稿。固亦西施之顰、邯鄲之步而已。

甲戌之春，城門失火，禍及弊廬。其校本擬稿，一夕爲灰燼。余於是乎拍然而抃，嗑爾以笑曰：「猗乎！祝融之神，藏吾之拙而奪之耶？抑亦韓氏之靈，怒吾之妄以火之邪？此二者固不可以臆度，則吾豈差已乎哉？」從兹絶筆，不復屬意韓詩。

今也浮游浪華，暇日與六七兄弟讀《外傳》，亦皆苦其不可句也。是以校華刻數本，窮丹鉛之用，旁添國字，授剞劂氏。非敢爲馮婦也，聊便於童觀耳。

寶曆己卯端午日南越烏宗成撰。

烏宗成認爲孟子提出的「以意逆志」是「萬世説詩之法」，然而在孟子之後，没有幾人能够繼承這種方法，説詩者或「引繩墨而論之」，或「取性理以鼓之」，則詩道幾乎熄矣」。

這個本子載「濟南陳明序」：

文之在世，如風行水上，變態無定，惟載道者可貴也，外此藝焉爾！　六經之文，渾涵如天，萬象森列，不可尚已。　至孔孟繼六經而作其文，廣大淵弘，中間每取《易》、《詩》、《書》中之要語，而推廣之。　闡幽微顯，以盡其蘊，則道從此出矣。　夫何韓嬰處乎漢孝文之世，遭秦火絶學之餘，迺能衍詩作傳，命意布詞，一仿孔孟之文。凡諸詩言約旨遠者，悉肆力極致，上推天人之理，下及萬物之情，以盡其意，文則嚴整簡古，厲世範俗，皆順於道，宛然聖門家法，豈漢世人物之所遽能邪？　然生在當時以《詩》名與魯申培、齊轅固二詩並列於世，亦嘗以《易》作傳授人，今已不傳，而其詩亦亡，又因以慨嘆天下之遺書於無窮也。　嗟乎！　韓生不見於經傳，故世鮮聞。　今薛子汝修篤學嗜詩，迺於先曾大父黄門公笥中得此書，愛其文古，而鋟諸梓以傳於世，其用心不亦可嘉也乎？

從這篇序言，可以知道這個本子的原本屬薛汝修芙蓉泉書屋本。　明末薛汝修本，有陳明序，皇明貴爲秘本，諸家競刊凡二十餘種。　烏宗成是以傳入日本的薛汝修本爲底本校勘訓讀的。　序言後録《韓詩外傳引〈詩〉篇目》，從上述江口尚純書目中所列第一項看，是烏山宇内所撰，明和元年（一七六四）曾刊行單行本。　烏宗成、烏山宇内以及原儀和序中所提到的「烏世章」當爲一人，這由卷十末「韓詩外傳大尾」下一行的「烏山宇内訓點」以及烏宗成序後的「烏宗成印」和「世章宗宇内」印可知。　自古以來，日本學人好將自己的名字「中國文人化」，烏宗成、烏世章也都是一個這樣的稱謂。　烏山宇内，生卒年無考。　當爲十八世紀中葉福井縣的儒者。

根據書末題記，寶曆九年本當爲京都（所謂「東都」）與江户（所謂「皇都」）兩地書肆聯合刊刻發行，又據封底「寛政十二年庚申正月發行、文政八年乙酉十月補刻」，署名「大阪心齋橋通安土　書林　加賀屋善藏梓」，即大阪心齋橋的書肆無忌於一八〇〇年和一八二五年曾兩次翻刻發行，又考，除淺野彌兵衛版外，尚有勝村版。　此書尚有明治十八年（一八八五）年群玉堂、松泉堂補刻本。可以推測，烏宗成整理的這個本子，是江户中後期以來流通很廣的《韓詩外傳》完本。

二　寶曆和刻本《韓詩外傳》的校勘價值

清人多利用《韓詩外傳》以校《毛詩》。俞樾《古書疑義舉例》六十五《重文作二畫而致誤例》云：「古人遇重文，止於字下加二畫以識之，傳寫乃有致誤者。如《碩鼠》：『逝將去女，適彼樂土；樂土樂土，爰得我所。』《韓詩外傳》兩引此文，並作『逝將去女，適彼樂土，適彼樂土，爰得我所。』又引次章亦云：『逝將去女，適彼樂國，適彼樂國，爰得我所。』此當以《韓詩》爲正。《詩》中疊句成文者甚多。如《中谷有蓷》篇：『慨其歎矣』兩句，《丘中有麻》篇『彼留子嗟』兩句，皆是也。毛、韓本當不異。因疊句從省不書，止作『適二彼二樂二土二』，傳寫誤作『樂土樂土』耳。下二章同此。」[一]于省吾也談到過同一個問題。

烏宗成對《韓詩外傳》文字作了考訂。對於《韓詩外傳》的文獻學研究，寶曆和刻本《韓詩外傳》也有參照價值。今人許維遹收集了有關校注材料和不同版本，並旁及諸子、類書和其他材料，撰成《韓詩外傳集釋》，所收集和參照的版本中，就有薛汝修芙蓉泉書屋本。

寶曆和刻本所録異文，可供校勘參照。如卷六第八章：「仁以爲質，義以爲理，開口無不可以爲人法式者。」欄上注：「一本『理』作『秉』，『開口』作『言行』。」接下第九章「子曰：『不學而好思，雖知不廣矣；學而慢其身，雖學不尊矣。』」欄上注：「一本『廣』作『確』。」烏宗成所見，不見於今本，其中含可取之處。

《韓詩外傳》卷一第三章最後，程榮、胡文焕、唐琳、鍾惺本皆脱「抽觴以授子貢」之「授」字至引詩「漢有遊女」之「遊」字，共三百六字，其不脱者唯薛汝修芙蓉泉書屋本、沈辨之野竹齋本、毛子晉汲古閣本。薛本每葉十八行，行

[一] 俞樾等著：《古書疑義舉例五種》，中華書局，一九八三年，一〇五頁。

十八字，每章首行頂格，次行以下皆低一格，故每葉三百六字。此章所脱，乃薛本之第二葉。再看上述日本刻本，亦不脱此三百六字。此本亦每行十八字，每章首行頂格，此行以下皆低一格。不同的是，由於每行尚有訓點的文字占去空間，故每葉不是十八行，而只有十行而已。另外，書中欄上偶出校記，説明不同版本文字的不同。如卷三第二十五章「障防而清」，文中作「漳汸」，上欄注「漳汸，一作障防」，則傳入日本的本子也有作「障防」者。

《四庫全書簡目提要》評述《韓詩外傳》云：「其書雜引古事古語，證以詩詞，與經義不相比附，所述多與周秦諸子相出入。」章學誠《校讎通義·内篇》也指出：「其文雜記春秋時事，與詩意相去甚遠。」《韓詩外傳》一書，本不以究明詩人本旨爲意，而是詩史合璧，以事明義，以詩證事，從而發揮孔子「詩教」之用。就文學發展而言，其牽合詩事之舉，亦開創叙事文學與抒情文學共存一體、相互爲用的叙述形式。在中國，後來有《唐本事詩》一類書，在日本平安時代也創作了將物語與和歌拼接的「伊勢物語」等「歌物語」。日本學者山岸德平所撰《韓詩外傳及本事詩與伊勢物語》一文，正試圖揭示其間的關連。

參考文獻

〔日〕鳥山宇内訓點《韓詩外傳》，前川權兵衛板，一七五九年。
〔日〕《韓詩外傳》，勝村治右衛門板。
〔日〕吉田照子校注《韓詩外傳》，東京：明德出版社，一九九三年。
〔日〕原念齋、東條琴臺著《先哲叢談》，東京：松田幸助等，一八八〇年。
〔日〕市川本太郎著《日本儒教史四近世篇》，東京：汲古書院，一九九四年。
〔日〕山岸德平撰《韓詩外伝及び本事詩と伊勢物語》，《桃源》二—一，一九四七年一月。
〔日〕伊東倫厚等《韓詩外傳索引》（附本文），東京：東豐書店，一九八〇年。
〔日〕豐島睦《韓詩外傳索引》，比治山女子短期大學，一九七二年。
〔日〕村山吉廣、江口尚純共編《詩經研究文獻目録》，東京：汲古書院，一九九二年。
《韓詩外傳》十卷，《校注拾遺》一卷，《趙本補逸》一卷，上海：商務印書館，一九三〇年。
〔日〕村山吉廣、江口尚純主編《詩經研究文獻目録》，東京：汲古書院，一九九二年。
〔日〕猪口篤志《日本漢文學史》，東京：角川書店，一九八四年。
〔清〕陳奂撰《詩毛氏傳疏》，北京：中國書店，一九八四年。
〔清〕馬瑞辰撰《毛詩傳箋通釋》，北京：中華書局，一九八九年。
〔清〕孫詒讓遺書、雪克輯點《十三經著述校記》，濟南：齊魯書社，一九八三年。
〔清〕俞樾編、佐野正巳解説《東瀛詩選》，東京：汲古書院，一九八四年。
黄焯撰《毛詩鄭箋平議》，上海：上海古籍出版社，一九八五年。

林慶彰主編《日本研究經學論著目録》，臺北：「中研院」中國文學哲學研究所，一九九三年。
寇淑慧編《二十世紀詩經研究文獻目録》，北京：學苑出版社，二〇〇一年。
《十三經注疏》，北京：中華書局影印，一九七九年。
十三經注疏小組編《十三經注疏分段標點》，臺北：臺灣新文豐出版公司，二〇〇一年。
錢基博著《經學通志》，北京：中華書局，一九三六年。
屈守元箋疏《韓詩外傳箋疏》，成都：巴蜀書社，一九九六年。
〔漢〕韓嬰撰、許維遹校釋《韓詩外傳集釋》，北京：中華書局，二〇〇五年。
賴炎元著《韓詩外傳考徵》，臺北：臺灣省立師範大學，一九六三年。
賴炎元注釋《韓詩外傳今注今譯》，臺北：臺灣商務印書館，一九七四年。
〔清〕俞樾等著《古書疑義舉例五種》，北京：中華書局，一九八三年。
于省吾著《澤螺居詩經新證》，北京：中華書局，一九八二年。
劉殿爵、陳方正編《韓詩外傳逐字索引》，臺北：臺灣商務印書館，一九九三年。
〔日〕島崎一郎著《韓詩外傳研究序説》，《詩經研究》十六號，一九九一年十二月。
〔日〕大塚伴鹿著《韓詩外伝の書誌學的考察》，《大東文化學報》一，一九三九年十二月。
〔日〕山岸德平著《韓詩外伝及び本事詩と伊勢物語》，《桃源》二—一，一九四七年一月。
〔日〕佐佐木邦彦著《韓詩の創新性——「琴操」にみえる創新性》，《漢文學會會報》（國學院大學）十三，一九六二年七月。
〔日〕西村富美子著《韓詩外伝の一っ考察——説話を主體とする詩伝の持っ意義》，《中國文學報》（京都大學）十九，一九六三年十月。
〔日〕豐島睦著《韓嬰思想管見——「韓詩外伝」引用荀子句を中心として》，《支那學研究》三十三，一九六八年一月。
（日）伊東倫厚著《韓詩外伝校詮》（一）（二），《北海道大學文學部紀要》二十六——一、二，一九七七年十二月，一九七八年二月。
（日）豐島睦著《韓詩外伝小考》，《比治山女子短期大學紀要》十三，一九七九年三月。
（日）豐島睦著《韓詩外伝に見える思想の源流》，《池田末利博士古稀記念東洋學論集》，一九八〇年九月。
（日）伊東倫厚著《韓詩外伝の文辭の成立について》，《竹内照夫博士古稀記念中國學論文集》，一九八一年九月。
（日）橘純信著《韓詩異文の反映する方言的特徵》，《漢學研究》（日本大學）二十，一九八三年二月。
（日）余崇生著《韓詩外伝研究ノート（一）——荀子引用文との對照表》，《待兼山論叢》（哲學篇）十七，一九八三年十二月。
（日）吉田照子著《韓詩外伝にみる韓嬰の儒家思想の特色》，《福岡女子短大研究紀事》二十六，一九八三年十二月。
（日）相原俊二著《漢初の霸者について—2—韓詩外伝》，《東海大學紀要》（文學部）五十二，一九九〇年。
（日）吉田照子著《韓詩外伝と呂氏春秋》，《福岡女子短大紀要》六十六，二〇〇五年。
（日）吉田照子著《韓詩外伝と老莊思想》，《福岡女子短大紀要》七十，二〇〇七年。
（日）吉田照子著《韓詩外傳注釋》（卷十），《福岡女子短大紀要》四十八，一九九四年。
（日）岩井直子著《韓詩外傳の書誌的考察——唐本をもとに》，漢籍研究會編《漢籍整理と研究》十二，二〇〇四年三月。

韓詩外傳

一之二

新刻韓詩外傳序

先王之教始於誦歌歌始
於詩詩可以興可以觀可
以羣可以怨邇之事父遠
之事君多識於鳥獸草木
之名故夫子雅言也而罕
言寓焉亦唯温厚和平諷

詠歌舞循ゝ於善誘人使
人思而自得之念來起予
職此之由故古之學者必
先於詩焉於後經藝可除
苟不先於詩乎經藝不可
得而陳也亦猶經面牆而
已故鹽梅五味之和也已

詩六經之和也諸家之傳得失互有藝人韓嬰亦著内外傳惜矣内傳不傳唯外傳存其書博采古人之行引詩釋之其文贍且雜縟史讀者倣往忘疲厭而飫之愈嚼愈覺其味之深

長於氣乎自經史而外及諸子百家之言渾然收藏乎詩而無凝滯焉其爲藝之府也昭昭矣設令夫子而在乎今當曰嬰也始可與言詩已矣諸家訓詁局於一經豈如韓之旁通貫

綜哉元儁山東張孫士行云外傳傑出可謂知言矣己卯春余從安慶而東之白上浪萬磯夜宿逆旅之舍有人携是本來曰先識爲世業而拔今將上木敢乞子一言余年無千脈困

有刻花又子孫也仍俱亡
加之蹤跡之多未除據下
第之後取策而已且来津
其人將何以措辭明歲會
皇上逮四月抵江都不復
以序爲意後取月世章寄
余詩及文申以擬序之役

余交而讀之亦猶見其人
乎篆遒下于周彝然亦
緯曰芊眉之純熟至尺其
脩經立見余於校本亦未
卒業況已知其必有裨於
學者也云寶曆九年秋九
月把菴秋隝書於江都記

己卯舍之中

韓詩外傳序

孔門之說詩也、猶造父之御車、
孫子之用兵也、進退步驟奇正
闔闢、惟其意之所欲出爲至矣、
盡矣、其蔑以加於此矣、繼之者
其惟孟子耶、其所謂不以文害
辭、不以辭害志、以意逆志者、實

二

閑萬世説詩之法也自孟子沒寥〻乎亡聞哉降迨後世引繩墨而論之取性理以鼓詩道幾乎熄矣獨韓氏在漢文之世著韓詩內外傳當斯時孔門之澤未墜於地賢不賢識其大小韓氏蒐而鳩之其文也非尢

也非莊也非孟也非荀也非賈
董兩馬也秦漢之間別搆一家
乃爲藝苑絶品蓋繼孟子而興者
豈非斯人歟惜乎内傳既亡外
傳孤行余在鄉之日甚嗜韓詩
嘗病外傳之多衍脫謬誤讀之
使人不勝乙反覆校之繕爲善

韓詩序

本、又傷内傳之亡、妄不自揣、剽

掠盜竊以擬之、琢字成辭、屬繫

成篇、々凡五十餘、猶未脫稿、固

亦西施之顰、邯鄲之步而已、甲

戌之春、城門失火、禍及弊廬、其

校本擬稿、一夕爲灰燼、余於是

乎拍然而抃嚧爾以笑曰、猗乎

祝融之神、藏吾之拙而奪之邪、抑亦韓氏之靈、怒吾之妄以火之邪、此二者、固不可以臆度、則吾豈奚已乎哉、從茲絕筆、不復屬意韓詩、今也浮遊浪華、暇日與六七兄弟讀外傳、亦皆苦其不可句也、是以校華刻數本、竄丹鉛

之用傍添國字授剞劂氏非敢爲

馮婦也聊便於童觀耳

寶曆巳卯端午日

南越　鳥宗成撰

韓詩外傳序

濟南陳明[illegible]

文之在世如風行水上變態無窮惟載道者可貴也外此埶焉爾六經之文渾涵如天萬象森列不可尚已至孔孟繼六經而作其文廣大淵弘中間每取易詩書中之要語而推廣之闡幽微顯以盡其蘊則道從此出矣夫何韓嬰處乎漢孝文之世遭秦火絕學之餘迺能衍詩作傳命意布詞一倣孔孟之文凡諸詩言約旨遠者悉肆力極致上推夫人之

韓詩外傳序　一　星文堂藏

理下及萬物之情以盡其意文則嚴整簡古
厲世範俗皆順於道宛然聖門家法豈漢世
人物之所遽能耶然生在當時以詩名與魯
申培齊轅固二詩並列於世亦嘗以易作傳
授人今已不傳而其詩亦亡又因以慨嘆天
下之遺書於無窮也嗟乎韓生不見於經傳
故世鮮聞今薛子汝偕篤學嗜詩迺於先曾
大父黄門公笥中得此書愛其文古而鋟諸
梓以傳於世其用心不亦可嘉也乎

韓詩外傳引詩篇目

卷之一

夙夜在公實命不同 召南小星篇　　雖速我詔亦不爾從 召南行露

抽觴以女不可求思 逸詩　　人而無儀不死何為 鄘風相鼠篇

人而無禮胡不遄死 同上　　我心非席不為卷也 邶風柏舟

憂心悄〻慍于羣小 同上　　不忮不求何用不臧 邶風雄雉篇

鐘鼓樂之 周南關雎　　雖則如燬父母孔邇 周南汝墳篇

未見君子憂心惙〻 召南草蟲篇　　乃如之人兮德音無良 邶風日月篇

乃如之人兮懷婚姻也 鄘風蝃蝀篇

靜女其姝俟我乎城隅愛而不見搔首踟躕 邶風靜女

瞻彼日月悠〻我思道之云遠曷云能來 邶風雄雉

深則厲淺則揭 邶風匏有苦葉　　民有喪匍匐救之 邶風谷風

何其久也必有以也 邶風旄丘

亦已焉哉天實為之謂之何哉 邶風北門

普天之下莫非王土 小雅北山　蔽芾甘棠勿翦勿伐 召南甘棠

卷之二

彼姝者子何以告之 鄘風干旄　大夫跋涉我心則憂 鄘風載馳

既不我嘉不能旋反視我不臧我思不遠 同上

百爾所思不如我所之 鄘風載馳　如切如磋如琢如磨 衛風淇奧

吁嗟女兮無與士耽 衛風氓　掇其泣矣何嗟及矣 王風中谷有蓷

執轡如組兩驂如舞 鄭風大叔于田

莫〻葛藟施于條枚愷悌君子求福不回 大雅旱麓

羔裘如濡恂直且侯彼已之子舍命不偷 鄭風羔裘

彼已之子邦之司直 同上　彼已之子邦之彥兮 同上

野有蔓草零露溥兮有美一人清揚婉兮邂逅相遇適我願兮 鄭風野有蔓草

彼己之子美如英美如英殊異乎公行 魏風汾沮洳

美如玉美如玉殊異乎公族 魏風汾沮洳

彼君子兮不素餐兮 魏風伐檀

逝將去汝適彼樂土爰所我所 魏風碩鼠

子有衣裳弗曳弗婁子有車馬弗馳弗驅 唐風山有樞

彼其之子碩大且篤 唐風椒聊

肅肅鴇羽集于苞栩王事靡盬不能蓺稷黍父母何怙悠悠蒼天曷其有所 唐風鴇羽

溫其如玉在其板屋亂我心曲 秦風小戎

顏如渥頳其君也哉 秦風終南 頳毛詩作丹

衡門之下可以棲遲泌之洋〻可以療饑 陳風衡門
匪風發兮匪車揭兮顧瞻周道中心怛兮 檜風匪風
淑人君子其儀一兮其儀一兮心如結兮淑人君子正是國人正
是國人胡不萬年 曹風鳲鳩 親結其縭九十其儀 豳風東山
伐柯伐柯其則不遠 豳風伐柯

卷之三

政有夷之行子孫保之 周頌天作 畏天之威于時保之 周頌我將
明昭有周式序在位 周頌時邁
降福簡〻威儀反〻既醉既飽福祿來反 周頌執競
嗟嗟保介 周頌臣工 多將熇熇不可救藥 大雅板
有瞽有瞽在周之廷 周頌有瞽 子〻孫〻勿替引之 小雅楚茨
以享以祀以介景福 周頌潛一

牧野洋〻檀車皇〻駟(四)騵彭〻維師尚父時維鷹揚涼彼武王肆

伐大商會朝清明(大雅大明)

勝殷遏劉耆定爾功(周頌武)

日就月將學有緝熙於光明(周頌敬之)

佛時仔肩示我顯德行(同上)

先民有言詢于芻蕘(大雅板)

自堂徂基自羊來牛(周頌絲衣)

於鑠王師遵養時晦(周頌酌)

思無邪(魯頌駉)

俾民不迷(小雅節南山)

示我顯德行(周頌敬之)

周道如砥其直如矢(小雅大東)

君子所履小人所視(同上)

睠言顧之潸焉出涕(小雅大東)

載色載笑匪怒伊教(魯頌泮水)

思樂泮水薄采其茆魯侯戾止在泮飲酒(同上)

泰山巖〻魯邦所瞻(魯頌閟宫)

率履不越遂視既發(商頌長發)

三

帝命不違至于湯齊 商頌長發　湯降不遲聖敬日躋 同上

不競不絿不剛不柔 同上　敷政優〻百祿是遒 同上

武王載旆有虔秉鉞如火烈〻則莫我敢曷 同上

愼爾言矣謂爾不信 小雅巷伯毛詩矣作也

心之憂矣之子無裳 衛風有狐

卷之四

昊天大憮予愼無辜 小雅巧言　匪其止恭惟王之卭 同上

他人有心予忖度之 同上

維南有箕不可以簸揚維北有斗不可以挹酒漿 小雅大東

靖恭爾位好是正直神之聽之介爾景福 小雅小明

靖恭爾位正直是與神之聽之式穀以女 同上

自東自西自南自北無思不服 大雅文王有聲

禮義卒度笑語卒獲（小雅楚茨）　中田有廬疆埸有瓜（小雅信南山）

其何能淑載胥及溺（大雅桑柔）

彼有遺秉此有滯穗伊寡婦之利（小雅大田）

貽厥孫謀以燕翼子（大雅文王有聲）　死喪無日無幾相見（小雅頍弁）

彼交匪紓天子所予（小雅采菽）　游哉優哉亦是戾矣（同上）

民之無良相怨一方（小雅角弓）　如蠻如髦我是用憂（同上）

受爵不讓至于已斯亡（同上）　雨雪瀌瀌見晛聿消（同上）

上帝甚慆無自瘵焉（小雅菀柳）　既見君子德音孔膠（小雅隰桑）

中心藏之何日忘之（同上）　鐘鼓于宮聲聞于外（小雅白華）

之子無良二三其德（同上）　豈敢憚行畏不能趨（小雅緜蠻）

卷之五

四國無政不用其良（小雅十月之交）　周雖舊邦其命維新（大雅文王）

上天之載無聲無臭同上　天位殷適使不俠四方大雅大明

四

亹亹文王綱紀四方大雅棫樸　毛詩亹亹作勉勉

不識不知順帝之則大雅皇矣

成王之孚下土之式永言孝思孝思維則於萬斯年不遐有佐大雅下武

上帝板板下民卒癉大雅板

誘民孔易大雅板

天生烝民其命匪諶靡不有初鮮克有終大雅蕩

不明爾德時無背無側爾德不明以無陪無卿同上

殷鑒不遠在夏后之世同上　枝葉未有害本實先撥同上

有覺德行四國順之大雅抑　無易由言無曰苟矣同上

烝畀祖妣以洽百禮周頌豐年　惟此聖王瞻言百里大雅桑柔

於鑠王師遵養時晦周頌酌

嵩高維嶽峻極于天維嶽降神生甫及申維申及甫云云大雅嵩高
明明天子令聞不已矢其文德洽此四國大雅江漢
惟彼不順徃以虫垢大雅桑柔　大風有隧貪人敗類同上
不愆不忘率由舊章大雅假樂　德輶如毛民鮮克舉之大雅烝民
如歲之旱草不潰茂大雅召旻　不競不絿不剛不柔商頌長發
君子無易由小雅小弁

卷之六

人亦有言靡哲不愚大雅抑　有覺德行四國順之同上
訏謨定命遠猶辰告敬慎威儀惟民之則同上
夙興夜寐灑掃庭內同上
質爾人民謹爾侯度用戒不虞同上
惠于朋友庶民小子子孫繩繩萬民靡不承同上

不僭不賊鮮不為則同上　其何能淑載胥及溺大雅桑柔
靡有旅力以念穹蒼同上　聽言則對誦言如醉同上
人亦有言進退惟谷同上　人之云亡邦國殄瘁大雅瞻卬
不自我先不自我後同上　天保定爾亦孔之固小雅天保
天生烝民有物有則民之秉常大雅烝民
邦國若否仲山甫明之大雅烝民　柔亦不茹剛亦不吐同上
不侮矜寡不畏強禦也同上　来游来歌以陳盛德之和逸詩
愷悌君子民之父母大雅泂酌　王猷允塞徐方既来大雅常武
昊天疾威天篤降喪大雅召旻　謀夫孔多是用不集小雅小旻

卷之七

王事無盬不遑將父小雅四牡
征夫捷〻每懷靡及小雅皇〻者華毛詩作駪〻征夫每懷靡及

既見君子我心則降小雅出車

左之左之君子宜之右之右之君子有之小雅裳裳者華

我友敬矣讒言其興小雅沔水　鶴鳴于九皋聲聞于天小雅鶴鳴

有母之尸雍小雅祈父　瞻彼中林侯薪侯蒸小雅正月

胡為我作不即我謀小雅十月之交

四方有羨我獨居憂民莫不穀我獨不敢休同上

溫溫恭人如集于木惴惴小心如臨于谷小雅小宛

戰戰兢兢如臨深淵小雅小旻　有漼者淵萑葦淠淠小雅小弁

予慎無辜小雅巧言　昊天大憮予慎無辜小雅巧言

將安將樂棄予作遺小雅谷風毛詩作作如

或以其酒不以其漿小雅大東　廢為殘賊莫知其尤小雅四月

無將大車惟塵冥冥小雅無將大車篇　靖共爾位好是正直小雅小明

式禮莫愆 小雅楚茨　　高山仰止景行行止 小雅車舝

六二

雨雪瀌〻見晛聿消 小雅角弓

父兮生我母兮鞠我拊我畜我長我育我顧我復我出入腹我 小雅蓼莪

卷之八

既明且哲以保其身 大雅烝民　　周邦咸喜戎有良翰 大雅崧高

邦國若否仲山甫明之既明且哲以保其身夙夜匪解以事一人 同上

愷悌君子四方為則 大雅卷阿

鳳凰于飛翽〻其羽亦集爰止 大雅卷阿

彼黍離〻彼稷之苗行邁靡〻中心搖〻知我者謂我云云此何人哉 王風黍離

鴥彼晨風鬱彼北林云云 秦風晨風

愷悌君子民之父母 大雅泂酌　　釐爾圭瓚秬鬯一卣 大雅江漢

綿〻翼〻不測不克（大雅常武）　我居御卒荒（大雅召旻）
天降喪亂滅我立王（大雅桑柔）　畏天之威于時保之（周頌我將）
實右序有周薄言震之莫不震懼（周頌時邁）
濟〻多士文王以寧（大雅文王）　明照有周式序在位（周頌時邁）
有渰萋〻興雲祈〻（小雅大田）
我日斯邁而月斯征夙興夜寐無忝爾所生（小雅小宛）
靡不有初鮮克有終（大雅蕩）　夙夜匪解以事一人（大雅崧高）
孝子不匱永錫爾類（大雅既醉）
妻子好合如鼓瑟琴兄弟既翕和樂且耽（小雅常棣）
日就月將（周頌敬之）
晝爾于茅宵爾索綯亟乘其屋（豳風七月）
優哉柔哉亦是戾矣（小雅采菽）　載色載笑匪怒伊教（魯頌泮水）

韓詩外傳　引詩篇目

好是正直 小雅小明　既和且平依我磬聲 商頌那

七二

自求伊祜 魯頌泮水　不遑啓處 小雅四牡

不明爾德時無背無側爾德不明以無陪無卿 大雅蕩

卷之九

宜爾子孫繩繩 周南螽斯　父母孔邇 見于前

我心匪石不可轉也 邶風柏舟　人之無良我以為兄 鄘風鶉之奔奔

人而無禮胡不遄死 鄘風相鼠　如切如磋如琢如磨 衛風淇奧

邦之司直 鄭風羔裘　彼己之子邦之彥兮 同上

胡能有定 邶風日月　采葑采菲無以下體 邶風谷風

何其處也必有與也 邶風旄丘篇　心之憂其誰知之 魏風園有桃

彼美淑姬可與晤言 陳風東門之池　神之聽之終且和平 小雅伐木

正是國人胡不萬年 曹風鳲鳩

卷之十

濟濟多士文王以寧大雅文王　天難忱斯不易惟王大雅大明

自太伯王季惟此王季因心則友則友其兄則篤其慶載錫之光

受禄無喪奄有四方大雅皇矣　辭之懌矣民之莫矣大雅板

不可救藥同上　老夫灌灌同上

靡不有初鮮克有終大雅蕩　不明爾德時無背無側同上

殷鑒不遠同上　荒湛于酒大雅抑

無言不讐無德不報大雅抑　稼穡維寶代食維好大雅桑柔

天降喪亂滅我立王同上　進退維谷同上

惟此聖人瞻言百里同上

韓詩外傳引詩篇目終

八

韓詩外傳卷第一

漢　燕人韓　嬰著

皇和　南越鳥宗成校

曾子仕於莒。得粟三秉。方是之時。曾子重其祿而輕其身。親沒之後。齊迎以相。楚迎以令尹。晉迎以上卿。方是之時。曾子重其身而輕其祿。懷其寶而迷其國者。不可與語仁。窘其身而約其親者。不可與語孝。任重道遠者。不擇地而息。家貧親老者。不擇官而仕。故君子蹻褐趨時。當務為急。傳云。不逢時而仕。任事而敦其慮。為之使而不入其謀。貧焉故

卷一

也。詩曰。夙夜在公。實命不同。

傳曰。夫行露之人許嫁矣。然而未往也。見一物不具。一禮不備。守節貞理。守死不往。君子以爲得婦道之宜。故舉而傳之。揚而歌之。以絕無道之求。防汙道之行乎。詩曰。雖速我訟。亦不爾從。

孔子南遊適楚。至於阿谷之隧。有處子佩瑱而浣者。孔子曰。彼婦人其可與言矣乎。抽觴以女不可求思此之謂也

孔子南遊適楚。至於阿谷之隧。有處子佩瑱而浣者。孔子曰。彼婦人其可與言矣乎。抽觴以授子

貢曰善爲之辭以觀其語子貢曰吾北鄙之人也將南之楚逢天之暑思心潭潭願乞一飲以表我心婦人對曰阿谷之隧隱曲之氾其水載清載濁流而趨海欲飲則飲何問婦人乎受子貢觴迎流而挹之奐然而棄之促流而挹之奐然而溢之坐置之沙上曰禮固不親授子貢以告孔子曰丘知之矣抽琴去其軫以授子貢曰善爲之辭以觀其語子貢曰嚮子之言穆如清風不悖我語和暢我心於此有琴而無軫願借子以調其音婦人對曰吾野鄙之人也僻陋而

無心五音不知安能調琴子貢以告孔子曰丘
知之矣抽絺綌五兩以授子貢曰善為之辭以
觀其語子貢曰吾北鄙之人也將南之楚於此
有絺綌五兩吾不敢以當子身敢置之水浦婦
人對曰客之行差遲乖人分其資財棄之野鄙
吾年甚少何敢受子子不早去今竊有狂夫守
之者矣詩曰南有喬木不可休思漢有遊女不
可求思此之謂也

哀公問孔子曰有智壽乎孔子曰然人有三死而非
命也者自取之也居處不理飲食不節勞過者病

共殺之。居下而好干上、嗜慾無厭、求索不止者、刑
共殺之。少以敵衆、弱以侮強、忿不量力者、兵共殺
之。故有三死而非命者、自取之也。詩云、人而無儀、
不死何為。

傳曰、在天者莫明乎日月、在地者莫明於水火、在人
者莫明乎禮義。故日月不高則所照不遠、水火不
積則光炎不博、禮義不加乎國家則功名不白。故
人之命在天、國之命在禮。君人者、隆禮尊賢而王、
重法愛民而霸、好利多詐而危、權謀傾覆而亡。詩
曰、人而無禮、胡不遄死。

君子有辯善之度以治氣養性則身後彭祖脩身自強則名配堯禹宜於時則達厄於窮則處信禮者也凡用心之術由禮則理達不由禮則悖亂飲食衣服動靜居處由禮則知節不由禮則墊陷生疾容貌態度進退移步由禮則夷國政無禮則不行王事無禮則不成國無禮則不寧王無禮則死亡無日矣詩曰人而無禮胡不遄死

傳曰不仁之至忽其親不忠之至倍其君不信之至欺其友此三者聖王之所殺而不赦也詩曰人而無儀不死何為

王子比干殺身以成其忠柳下惠殺身以成其信夷叔齊殺身以成其廉此三子者皆天下之通士也豈不愛其身哉為夫義之不立名之不顯則士恥之故殺身以遂其行由是觀之卑賤貧窮非士之恥也天下舉忠而士不與焉舉信而士不與焉舉廉而士不與焉三者存乎身名傳於世與日月並而息天不能殺地不能生當桀紂之世不之能汚也然則非惡生而樂死也惡富貴好貧賤也由其理尊貴及已而仕也不辭也孔子曰富而可求雖執鞭之士吾亦為之故阨窮而不憫榮辱而不

苟然後能有致也詩曰我心匪石不可轉也我心
匪席不可卷也此之謂也
原憲居魯環堵之室茨以蒿萊蓬戶甕牖桷桑而無
樞上漏下濕匡坐而絃歌子貢乘肥馬衣輕裘中
紺而表素軒不容巷而往見之原憲楮冠藜杖而
應門正冠則纓絶振襟則肘見納履則踵決子貢
曰嘻先生何病也原憲仰而應之曰憲聞之無財
之謂貧學而不能行之謂病憲貧也非病也若夫
希世而行比周而友學以為人教以為己仁義之
匿車馬之飾衣裘之麗憲不忍為之也子貢逡巡

而有慙色不辭而去原憲乃徐步曳杖歌商頌而反聲淪於天地如出金石天子不得而臣也諸侯不得而友也故養身者忘家養志者忘身身且不愛孰能忝之詩曰我心匪石不可轉也我心匪席不可卷也

傳曰所謂士者雖不能盡備乎道術必有由也雖不能盡乎美者必有處也言不務多務審所行而已行既已尊之言既已由之若肌膚性命之不可易也詩曰我心匪石不可轉也我心匪席不可卷也

傳曰君子潔其身而同者合焉善其音而類者應焉

馬鳴而馬應之牛鳴而牛應之非知也其勢然也

故新沐者必彈冠新浴者必振衣莫能以己之皭

皭容人之混汚然詩曰我心匪鑑不可以茹

荆伐陳陳西門壞因其降民使脩之孔子過而不式

子貢執轡而問曰禮過三人則下二人則式今陳

之脩門者衆矣夫子不為式何也孔子曰國亡而

弗知不智也知而不爭非忠也亡而不死非勇也

脩門者雖衆不能行一於此吾故弗式也詩曰憂

心悄悄慍于群小小人成羣何足禮哉

傳曰喜名者必多怨好與者必多辱唯滅跡於人能

隨天地自然為能勝理而無愛名名興則道不用道行則人無位矣夫利為害本而福為禍先唯不求利者為無害不求福者為無禍詩曰不忮不求何用不臧

傳曰聽者自聞明者自見聰明則仁愛著而廉恥分矣故非道而行之雖勞不至非其有而求之雖強不得故智者不為非其事廉者不求非其有是以害遠而名彰也詩云不忮不求何用不臧

傳曰安命養性者不待積委而富名號傳乎世者不待勢位而顯德義暢乎中而無外求也信哉賢者

之不以天下為名利者也詩曰不忮不求何用不
臧
古者天子左五鐘將出則撞黃鐘而右五鐘皆應之
馬鳴中律駕者有文御者有數立則磬折拱則抱
鼓行歩中規折旋中矩然後太師奏升車之樂告
出也入則撞蕤賓以治容貌容貌得則顔色齊顔
色齊則肌膚安蕤賓有聲鵠震馬鳴及倮介之蟲
無不延頸以聽在内者皆玉色在外者皆金聲然
後少師奏升堂之樂卽席告入也此言音樂相和
物類相感同聲相應之義也詩云鐘鼓樂之此之

謂也。
枯魚銜索幾何不蠹二親之壽忽如過隙樹木欲茂
霜露下凋使賢士欲成其名二親不待家貧親老
不擇官而仕詩曰雖則如燬父母孔邇此之謂也
孔子曰君子有三憂弗知可無憂與知而不學可無
憂與學而不行可無憂與詩曰未見君子憂心惙
惙

魯公甫文伯死其母不哭也季孫聞之曰公甫文伯
之母貞女也子死不哭必有方矣使人問焉對曰
昔是子也吾使之事仲尼仲尼去魯送之不出魯

郊贈之不與家珍病不見士之視者死不見士之流涙者死之日宮女纕經而從者十人此不足於士而有餘於婦人也吾是以不哭也詩曰乃如之人兮德音無良

傳曰天地有合則生氣有精矣陰陽消息則變化有時矣時得則治時失則亂故人生而不具者五目無見不能食不能行不能言不能施化三月徹眴而後能見七月而生齒而後能食朞年臏就而後能行三年腦合而後能言十六精通而後能施化陰陽相反陰以陽變陽以陰變故男八月生齒八

歲而齔齒十六而精化小通女七月生齒七歲齔齒十四而精化小通是故陽以陰變陰以陽變故不肖者精化始具而生氣感動觸情縱欲反施亂化是以年壽亟夭而性不長也詩曰乃如之人兮懷婚姻也太無信也不知命也賢者不然精氣闐溢而後傷時不可過也不見道端乃陳情欲以歌道義詩曰靜女其姝俟我乎城隅愛而不見搔首踟躕瞻彼日月悠悠我思道之云遠曷云能來急時辭也是故稱之日月也

楚白公之難有仕之善者辭其母將死君其母曰棄

母而死君可乎曰聞事君者内其祿而外其身今之所以養母者君之祿也請往死之比至朝三廢車中其僕曰子懼何不反也曰懼吾私也死君吾公也吾聞君子不以私害公遂死之君子聞之曰好義哉必濟矣夫詩云深則厲淺則揭此之謂也

晉靈公之時宋人殺昭公趙宣子請師於靈公而救之靈公曰非晉國之急也宣子曰不然夫大者天地其次君臣所以為順也今殺其君所以反天地逆人道也天必加災焉晉為盟主而不救天罰懼及矣詩云凡民有喪匍匐救之而况國君乎

靈公乃與師而從之宋人聞之儼然感說而晉國
曰昌何則以其誅逆存順詩曰凡民有喪匍匐救
之趙宣子之謂也
傳曰水濁則魚喁令苛則民亂城峭則崩岸峭則陂
故吳起峭刑而車裂商鞅峻法而支解治國者譬
若乎張琴然大絃急則小絃絶矣故急轡銜者非
千里之御也有聲之聲不過百里無聲之聲延及
四海故祿過其功者削名過其實者損情行合名
禍福不虚至矣詩云何其處也必有與也何其久
也必有以也故惟其無為能長生久視而無累於

物矣

傳曰衣服容貌者所以說目也應對言語者所以說耳也好悪去就者所以說心也故君子衣服中容貌得則民之目悅矣言語遜應對給則民之耳悅矣就仁去不仁則民之心悅矣三者存乎身雖不在位謂之素行故中心存善而日新之則獨居而樂德充而形詩曰何其處也必有與也何其久也必有以也

仁道有四磏為下有聖仁者有智仁者有德仁者有磏仁者上知天能用其時下知地能用其財中知

人能安樂之是聖仁者也上亦知天能用其時下知地能用其財中知人能使人肆之是智仁者也寛而容衆百姓信之道所以至弗辱以時是德仁者也廉潔直方疾亂不治惡邪不匡雖居鄉里若坐塗炭命入朝廷如赴湯火非其民不使非其食弗嘗疾亂世而輕死弗顧弟兄以法度之比於不祥是磏仁者也

傳曰山鋭則不高水徑則不深仁磏則其德不厚志與天地擬者其人不祥是伯夷叔齊卞隨介子推原憲鮑焦表旌自申徒狄之行也其所受天命之

度適至是而亡弗能改也雖枯槁弗捨也詩云亦已焉哉天實爲之謂之何哉嗛仁雖下然聖人不發者匿民隱括有在是中者也

申徒狄非其世將自投於河崔嘉聞而止之曰吾聞聖人仁士之於天地之間也民之父母也今爲濡雅之故不救溺人可乎申徒狄曰不然桀殺關龍逢紂殺王子比干而亡天下吳殺子胥陳殺泄治而滅其國故亡國殘家非無聖智也不用故也遂抱石而沉於河君子聞之曰廉矣如仁歟則吾未之見也詩曰天實爲之謂之何哉

鮑焦衣弊膚見，挈畚持蔬，遇子貢於道。子貢曰：「吾子何以至於此也？」鮑焦曰：「天下之遺德教者衆矣，吾何以不至於此也？吾聞之，世不已知而行之不已者，爽行也；上不已用而干之不止者，是毀廉也。行爽廉毀，然且弗舍，惑於利者也。」子貢曰：「吾聞之，非其世者不生其利，汙其君者不履其土。非其世而持其蔬，詩曰：『普天之下，莫非王土。』此誰有之哉？」鮑焦曰：「於戲！吾聞賢者重進而輕退，廉者易愧而輕死。」於是棄其蔬而立槁於洛水之上。君子聞之曰：「廉夫剛哉！夫山銳則不高，水徑則不深，行礫者德

不孚志與天地擬者其為人不祥鮑焦可謂不祥矣其節度淺深適至於是矣詩云亦已焉哉天實為之謂之何哉

昔者周道之盛召伯在朝有司請營召以居召伯曰嗟以吾一身而勞百姓此非吾先君文王之志也於是出而就蒸庶於阡陌隴畒之間而聽斷焉召伯曝處遠野廬於樹下百姓大悅耕桑者倍力以勸於是歲大稔民給家足其後在位者驕奢不恤元元稅賦繁數百姓困乏耕桑失時於是詩人見召伯之所休息樹下美而歌之詩曰蔽芾甘棠勿

翦勿伐召伯所茇此之謂也

一

十二

韓詩外傳卷第二

漢　燕人韓　嬰著
皇和　南越烏宗成校

楚莊王圍宋有七日之糧曰盡此而不剋將去而歸
於是使司馬子反乘闉而窺宋城宋使華元乘闉
而應之子反曰子之國何若矣華元曰憊矣易子
而食之析骸而爨之子反曰嘻甚矣憊雖然吾聞
圍者之國箝馬而秣之使肥者應客今何吾子之
情也華元曰吾聞君子見人之困則矜之小人見
人之困則幸之吾望見吾子似於君子是以情也

子反曰。諸子其勉之矣。吾軍有七日糧爾。揖而去。
子反告莊王。莊王曰。若何。子反曰。憊矣。易子而食
之。析骸而爨之。莊王曰。嘻甚矣憊。今得此而歸爾。
子反曰。不可。吾已告之矣。曰軍亦有七日糧爾。莊
王怒曰。吾使子視之。子曷爲而告之。子反曰。區區
之宋。猶有不欺之臣。何以楚國而無乎。吾是以告
之也。莊王曰。雖然吾今得此而歸爾。子反曰。王
請處此。臣請歸。毋王曰。子去我而歸。吾孰與處乎
此。吾將從子而歸。遂師而歸。君子善其平已也。華
元以誠告子反。得以解圍。全二國之命。詩云。彼姝

者子何以告之君子善其以誠相告也
魯監門之女嬰相從績中夜而泣涕其偶曰何謂而
泣也嬰曰吾聞衛世子不肖所以泣也其偶曰衛
世子不肖諸侯之憂也子曷為泣也嬰曰吾聞之
異乎子之言也昔有宋之桓司馬得罪於宋君出
於魯其馬佚而驏吾園而食吾園之葵是歲吾聞
園人亡利之半越王勾踐起兵而攻吳諸侯畏其
威魯往獻女吾姊與馬兄往視之道畏而死越兵
威者吳也兄死者我也由是觀之禍與福相反也
今衛世子甚不肖好兵吾男弟三人能無憂乎詩

曰太夫跋涉我心則憂是非類異乎
高子問於孟子曰夫嫁娶者非已所自親也衛女何
以得編於詩也孟子曰有衛女之志則可無衛女
之志則怠若伊尹於太甲有伊尹之志則可無伊
尹之志則篡夫道二常之謂經變之謂權權懷其
常道而挾其變權乃得為賢夫衛女行中孝慮中
聖權如之何詩曰既不我嘉不能旋反視我不臧
我思不遠
楚莊王聽朝罷晏樊姬下堂而迎之曰何罷之晏也
得無饑倦乎莊王曰今日聽忠賢之言不知饑倦

也樊姬曰王之所謂忠賢者諸侯之客歟中國之士歟莊王曰則沈令尹也樊姬掩口而笑王曰姬之所笑何也姬曰妾得於王尚湯沐執巾櫛振衽席十有一年矣然妾未嘗不遣人之梁鄭之間求美人而進之於王也與妾同列者十人賢於妾者二人妾豈不欲擅王之寵哉不敢私願蔽衆美欲王之多見則娛今沈令尹相楚數年矣未嘗見進賢而退不肖也又焉得為忠賢乎莊王旦朝以樊姬之言告沈令尹令尹避席而進孫叔敖叔敖治楚三年而楚國霸楚史援筆而書之於策曰楚之

覇樊姬之力也詩曰百爾所思不如我所之樊姬
之謂也
閔子騫始見於夫子有菜色後有芻豢之色子貢問
曰子始有菜色今有芻豢之色何也閔子曰吾出
蒹葭之中入夫子之門夫子內切磋以孝外為之
陳王法心竊樂之出見羽蓋龍旂旃裘相隨心又
樂之二者相攻胸中而不能任是以有菜色也今
被夫子之教寖深又賴二三子切磋而進之內明
於去就之義出見羽蓋龍旂旃裘相隨視之如壇
土矣是以有芻豢之色詩曰如切如磋如琢如磨

傳曰雩而雨者何也曰無何也猶不雩而雨也星隊木鳴國人皆恐何也是天地之變陰陽之化物之罕至者也怪之可也畏之非也夫日月之薄蝕怪星之晝見風雨之不時是無世而不嘗有也上明政平是雖並至無傷也上闇政險是雖無一無益也夫萬物之有災人妖最可畏也曰何謂人妖曰枯耕傷稼枯耘傷歲政險失民田穢稼惡糴貴民饑道有死人寇賊並起上下乖離鄰人相暴對門相盜禮義不循牛馬相生六畜作妖臣下殺上父子相疑是謂人妖是生於亂傳曰天地之災隱而

廢也萬物之怪書不說也無用之變不急之災棄
而不治若夫君臣之義父子之親男女之別切磋
而不舍詩曰如切如磋如琢如磨
孔子曰口欲味心欲佚教之以仁心欲安身惡勞教
之以恭好辯論而畏懼教之以勇目好色耳好聲
教之以義易曰艮其限列其夤危薰心詩曰吁嗟
女兮無與士耽皆防邪禁俗調和心志
高牆豐上激下未必崩也降雨興流潦至則崩必先
矣草木根荄淺未必撅也飄風興暴雨墜則撅必
先矣君子居是邦也不崇仁義尊其賢臣以理萬

物未必亡也一旦有非常之變諸侯交爭人趨車馳迫然禍至乃始愁憂乾喉焦脣仰天而歎庶幾乎望其安也不亦晚乎孔子曰不慎其前而悔其後嗟乎雖悔無及矣詩曰啜其泣矣何嗟及矣

曾子曰君子有三言可貫而佩之一曰無內疏而外親二曰身不善而怨他人三曰患至而後呼天子貢曰何也曾子曰內疏而外親不亦反乎身不善而怨他人不亦遠乎患至而後呼天不亦晚乎詩曰啜其泣矣何嗟及矣

夫霜雪雨露殺生萬物者也天無事焉猶之貴天也

執法厭文治官治民者有司也君無事焉猶之尊君也夫關土殖穀者后稷也決江流河者禹也聽獄執中者皋陶也然而聖后者堯也故有道以御之身雖無能也必使能者為己用也無道以御之彼雖多能猶將無益於存亡矣詩曰執轡如組兩驂如舞貴能御也

傳曰孔子云美哉顏無父之御也馬知後有輿而輕之知上有人而愛之馬親其正而愛其事如使馬能言彼將必曰樂哉今日之騶也至於顏淪少衰矣馬知後有輿而輕之知上有人而敬之馬親其

正而敬其事如使馬能言彼將必曰駒來其人之
使我也至於顏夷而衰矣馬知後有輿而重之知
上有人而畏之馬親其正而畏其事如馬能言彼
將必曰駒來駒來女不騶彼將殺女故御馬有法
矣御民有道矣法得則馬和而歡道得則民安而
集詩曰執轡如組兩驂如舞此之謂也
顏淵侍坐魯定公于臺東野畢御馬乎臺下定公曰
善哉東野畢之御也顏淵曰善則善矣其馬將
佚矣定公不說以告左右曰聞君子不譖人君子
亦譖人乎顏淵退俄而廐人以東野畢馬佚聞矣

定公揭席而起曰。趣駕名顏淵。顏淵至。定公曰。卿寡人曰善哉東野畢之御也吾子曰。善則善矣然則馬將佚矣。不識吾子何以知之。顏淵曰。臣以政知之。昔者舜工於使人。造父工於使馬。舜不窮其民。造父不極其馬。者以舜無佚民。造父無佚馬也。今東野畢之上車執轡。銜體正矣。周旋步驟朝禮畢矣。歷險致遠。馬力殫矣。然猶策之不已。所以知佚也。定公曰。善。可少進。顏淵曰。獸窮則齧。鳥窮則啄。人窮則詐。自古及今。窮其下能不危者。未之有也。詩曰。執轡如組。兩驂如舞。善御之謂也。定公曰寡人之過也。

崔杼弑莊公。合士大夫盟。盟者皆脱劍而入。言不疾指不至血者死。所殺者十餘人。次及晏子。奉杯血。仰天而嘆曰。惡乎崔杼將為無道而殺其君。於是盟者皆視之。崔杼謂晏子曰。子與我。吾將與子分國。子不與我。殺子。直兵將推之。曲兵將鉤之。吾願子之圖之也。晏子曰。吾聞留以利而倍其君非仁也。劫以刃而失其志者非勇也。詩曰。莫莫葛藟。延于條枚。愷悌君子。求福不回。嬰其可回矣。直兵推之。曲兵鉤之。嬰不之革也。崔杼曰。舍晏子。晏子起而出授綏而乘其僕馳晏子撫其手曰麋鹿在山林其命在庖廚命有所懸安在疾驅安行成節然後去之詩曰羔裘如濡恂直且侯彼已之子舍命不渝晏子之謂也

楚昭王有士曰石奢其為人也公而好直王使為理於是道有殺人者石奢追之則父也還返於廷曰殺人者臣之父也以父成政非孝也不行君法非忠也弛罪廢法而伏其辜臣之所守也遂伏斧鑕曰命在君君曰追而不及庸有罪乎子其治事矣石奢曰不然不私其父非孝也不行君法非忠也

以死罪生不廉也君欲赦之上之惠也臣不能失法下之義也遂不去鈇鑕刎頸而死乎廷君子聞之曰貞夫法哉石先生乎孔子曰子為父隱父為子隱直在其中矣詩曰彼己之子邦之司直石先生之謂也

外寛而内直自設於隱括之中直己不直人善廢而不悒悒蘧伯玉之行也故為人父者則願以為子為人子者則願以為父為人君者則願以為臣為人臣者則願以為君名昭諸侯天下願焉詩曰彼己之子邦之彥兮此君子之行也

卷二　八

傳曰。孔子遭齊程本子於剡之間。傾蓋而語終日。有
間。顧子路曰。由束帛十匹。以贈先生。子路不對。有
間。又顧曰。束帛十匹以贈先生。子路率爾而對曰。
昔者由也聞之於夫子。士不中道相見。女無媒而
嫁。者君子不行也。孔子曰。夫詩不云乎。野有蔓草。
零露漙兮。有美一人。清揚婉兮。邂逅相遇。適我願
兮。且夫齊程本子。天下之賢士也。吾於是而不贈。
終身不之見也。大德不踰閑。小德出入可也。
君子有主善之心。而無勝人之色。德足以君天下。而
無驕肆之容。行足以及後世。而不以一言非人之

盪一作暴

不善故曰君子盛德而卑虛己以受人旁行不流應物而不窮雖在下位民願戴之雖欲無尊得乎哉詩曰彼己之子美如英美如英殊異乎公行

君子易和而難狎也易懼而不可劫也畏患而不避義死好利而不爲所非交親而不比言辯而不亂盪盪乎其易而可大也嗛乎其廉而不劌也溫乎其仁厚之光大也超乎其有以殊於世也詩曰美如玉美如玉殊異乎公族

商容嘗執羽籥馮於馬徒欲以伐紂而不能遂去伏於太行及武王克殷立爲天子欲以爲三公商容

辭曰吾嘗馮於馬徒欲以伐紂而不能愚也不爭
而隱無勇也愚且無勇不足以備乎三公遂固辭
不受命君子聞之曰商容可謂內省而不誣能矣
君子哉去素餐遠矣詩曰彼君子兮不素餐兮商
先生之謂也
晉文侯使李離為大理過聽殺人自拘於廷請死於
君君曰官有貴賤罰有輕重下吏有罪非子之罪
也李離對曰臣居官為長不與下吏讓位受爵為
多不與下吏分利今過聽殺人而下吏蒙其死非
所聞也不受命君曰自以為罪則寡人亦有罪矣

李離曰。法失則刑。刑失則死。君以臣為能聽微決疑。故使臣為理。今過聽殺人之罪。罪當死。君曰。棄位委官。伏法亡國。非所望也。趣出。無憂寡人之心。李離對曰。政亂國危。君之憂也。軍敗卒亂。將之憂也。夫無能以事君。闇行以臨官。是無功以食祿也。臣不能以虛自誣。遂伏劍而死。君子聞之曰。忠矣乎。詩曰。彼君子兮。不素餐兮。李先生之謂也。

楚狂接輿躬耕以食。其妻之市。未返。楚王使使者齎金百鎰造門。曰。大王使臣奉金百鎰。願請先生治河南。接輿笑而不應。使者遂不得辭而去。妻從市

而来曰先生少而為義豈將老而遺之哉門外車
軼何其深也接輿曰今者王使使者賚金百鎰欲
使我治河南其妻曰豈許之乎曰未也妻曰君使
不從非忠也從之是遺義也不如去之乃夫負釜
甑妻戴織器變易姓字莫知其所之論語曰色斯
擧矣翔而後集接輿之妻是也詩曰逝將去汝適
彼樂土適彼樂土爰得我所

昔者桀為酒池糟隄縱靡靡之樂而牛飲者三千群
臣皆相持而歌江水沛兮舟楫敗兮我王廢兮趣
歸於亳亳亦大矣又曰樂兮樂兮四牡驕兮六轡

沃兮去不善兮善何不樂兮伊尹知大命之將至舉觴造桀曰君主不聽臣言大命去矣亡無日矣桀拍然而抃嗑然而笑曰子又妖言矣吾有天下猶天之有日也日有亡乎日亡吾亦亡也於是伊尹接履而趨遂適於湯湯以為相可謂適彼樂土爰得其所矣詩曰逝將去汝適彼樂土適彼樂土爰得我所

伊尹去夏入殷田饒去魯適燕介子推去晉入山田饒事魯哀公而不見察田饒謂哀公曰臣將去君黃鵠舉矣哀公曰何謂也曰君獨不見夫雞乎首

戴冠者文也足傅距者武也敵在前敢鬬者勇也
得食相告仁也守夜不失時信也鷄有此五德君
猶日瀹而食之者何也則以其所從来者近也夫
黄鵠一舉千里止君園池食君魚鱉啄君黍粱無
此五者君猶貴之以其所從来者遠矣臣將去君
黄鵠舉矣哀公曰止吾將書子言也田饒曰臣聞
食其食者不毀其器陰其樹者不折其枝有臣不
用何書其言遂去之燕燕立以為相三年燕政太
平國無盜賊哀公喟然太息為之辟寢三月減損
上服曰不慎其前而悔其後何可復得詩曰逝將

去汝。適彼樂國。適彼樂國。爰得我直。

子賤治單父。彈鳴琴身不下堂而單父治。巫馬期以星出。以星入。日夜不處。以身親之。而單父亦治。巫馬期問於子賤。子賤曰。我任人。子任力。任人者佚。任力者勞。人謂子賤則君子矣。佚四肢。全耳目。平心氣。而百官理。任其數而已。巫馬期則不然乎。然事惟勞力教詔。雖治猶未至也。詩曰。子有衣裳。弗曳弗婁。子有車馬。弗馳弗驅。

子路曰。士不能勤苦。不能輕死亡。不能恬貧窮。而曰我行義。吾不信也。昔者申包胥立於秦廷。七日七夜哭不絶聲。是以存楚。不能勤苦焉得行此。比干且死、而諫愈忠。伯夷叔齊餓于首陽。而志益彰。不輕死亡焉能行此。曾子褐衣緼緒。未嘗完也。糲米之食。未嘗飽也。義不合則辭上卿。不恬貧窮焉能行此。夫士欲立身行道。無顧難易。然後能行之。欲行義徇名。無顧利害。然後能行之。詩曰彼已之子碩大且篤。良非篤脩身行之君子。其孰能與之哉

子路與巫馬期薪於韞丘之下。陳之富人有處師氏者。脂車百乘觴於韞丘之上。子路與巫馬期曰使子無忘子之所知。亦無進子之所能。得此富終身

無復見夫子。子為之乎。巫馬期喟然仰天而嘆闟
然投鐮於地曰。吾嘗聞之夫子。勇士不忘喪其元
志士仁人不忘在溝壑。子不知予與。試予與。意者
其志與。子路心慚。故負薪先歸。孔子曰。由來何為
偕出而先返也。子路曰。向也由與巫馬期薪於韞
丘之下。陳之富人有處師氏者。脂車百乘。觴於韞
丘之上。由謂巫馬期曰。使子無忘子之所知。亦無
進子之所能。得此富終身無復見夫子。子為之乎。
巫馬期喟然仰天而嘆。闟然投鐮於地曰。吾嘗聞
夫子。勇士不忘喪其元。志士仁人不忘在溝壑。子

不知予與試予與意者其志與由也心慚故先負薪
歸孔子援琴而彈詩曰肅肅鴇羽集于苞栩王事
靡盬不能蓺稷黍父母何怙悠悠蒼天曷其有所
予道不行邪使汝願者
孔子曰士有五有埶尊貴者有家富厚者有資勇悍
者有心智惠者有貌美好者有埶尊貴者不以愛
民行義理而反以暴敖家富厚者不以賑窮救不
足而反以侈靡無度資勇悍者不以衛上攻戰而
反以侵陵私鬬心智愚者不以端計數而反以事
奸飾詐貌美好者不以統朝涖民而反以蠱

欲此五者所謂士失其美質者也詩曰温其如玉
在其板屋亂我心曲
上之人所遇色為先聲音次之事行為後故望而宜
為人君者容也近而可信者色也發而中者言也
文而可觀者行也故君子容色天下儀象而望之
不假言而知為人君者也詩曰顔如渥赬其君也
哉
子夏讀詩已畢夫子問曰爾亦可言於詩矣子夏對
曰詩之於事也昭昭乎若日月之光明燎燎乎如
星辰之錯行上有堯舜之道下有三王之義弟子

不敢忘。雖居蓬户之中。彈琴以詠先王之風。有人
亦樂之。無人亦樂之。亦可發憤忘食矣。詩曰。衡門
之下。可以棲遲。泌之洋洋。可以療饑。夫子造然變
容曰。嘻。吾子始可以言詩已矣。然子以見其表。未
見其裏。顔淵曰。其表已見。其裏又何有哉。孔子曰。
闚其門不入其中。安知其奥藏之所在乎。然藏又
非難也。丘嘗悉心盡志。已入其中。前有高岸。後有
深谷。泠泠然如此。既立而已矣。不能見其裏。未謂
精微者也。
傳曰。國無道則飄風厲疾。暴雨折木。陰陽錯氛。夏寒

冬温春熱秋榮日月無光星辰錯行民多疾病國多不祥群生不壽而五穀不登當成周之時陰陽調寒暑平群生遂萬物寧故曰其風治其樂連其驅馬舒其民依依其行遲遲其意好好詩曰匪風發兮匪車偈兮顧瞻周道中心怛兮

夫治氣養心之術血氣剛強則務之以調和智慮潛深則一之以易諒勇毅強果則輔之以道術齊給便捷則安之以靜退卑懾貪利則抗之以高志容衆好散則劫之以師友怠慢摽棄則慰之以禍災愿婉端慤則合之以禮樂凡治氣養心之術莫徑

由禮莫優得師莫慎一好好一則博博則精精則
神神則化是以君子務結心乎一也詩曰淑人君
子其儀一兮其儀一兮心如結兮
玉不琢不成器人不學不成行家有千金之玉不知
治猶之貧也良工宰之則富及子孫君子學之則
為國用故動則安百姓議則延民命詩曰淑人君
子正是國人正是國人胡不萬年
嫁女之家三夜不息燭思相離也取婦之家三日不
擧樂思嗣親也是故昏禮不賀人之序也三月而
廟見稱来婦也厥明見舅姑舅姑降于西階婦升

自阼階。授之室也。憂患三日。三月不殺。孝子之情
也。故禮者因人情爲文。詩曰。親結其縭。九十其儀。
言多儀也。

原天命。治心術。理好惡。適情性。而治道畢矣。原天命
則不惑禍福。不惑禍福。則動靜脩。治心術。則不妄
喜怒。不妄喜怒。則賞罰不阿。理好惡。則不貪無用。
不貪無用。則不害物性。適情性。則不過欲。不過欲
則養性知足。四者不求於外。不假於人。反諸己而
存矣。夫人者說人者也。形而爲仁義。動而爲法則。
詩曰。伐柯伐柯。其則不遠。

卷

十六

韓詩外傳

三之四

韓詩外傳卷三

漢 燕人韓 嬰著
皇和 南越烏宗成校

傳曰昔者舜甑盆無膻而下不以餘獲罪飯乎土簋啜乎土型而農不以力獲罪麑衣而盬領而女不以巧獲罪法下易由事寡易為功而民不以政獲罪故大道多容大德多下聖人寡為故用物常壯也傳曰易簡而天下之理得矣忠易為禮誠易為辭賢人易為民工巧易為材詩曰政有夷之行子孫保之

卷三　　十一

有殷之時穀生湯之廷三日而大拱湯問伊尹曰何
物也對曰穀樹也湯問何爲而生於此伊尹曰穀
之出澤野物也今生天子之庭殆不吉也湯曰柰
何伊尹曰臣聞妖者禍之先祥者福之先見妖而
爲善則禍不至見祥而爲不善則福不臻湯乃齋
戒靜處夙興夜寐弔死問疾赦過賑窮七日而穀
亡妖孽不見國家其昌詩曰畏天之威于時保之
昔者周文王之時莅國八年夏六月文王寢疾五日
而地動東西南北不出國郊有司皆曰臣聞地之
動爲人主也今者君王寢疾五日而地動四面不

出國郊群臣皆恐請移之文王曰奈何其移之也
對曰興事動衆以增國城其可移之乎文王曰不
可夫天之道見妖是以罰有罪也我必有罪故此
罰我也今又專興事動衆以增國城是重吾罪也
不可以之昌也請改行重善移之其可以免乎於
是遂謹其禮節秩皮革以交諸侯飾其辭令幣帛
以禮俊士頒其爵列等級田疇以賞有功遂與群
臣行此無幾何而疾止文王即位八年而地動之
後四十三年凡莅國五十一年而終此文王之所
以踐妖也詩曰畏天之威于時保之

王者之論德也而不尊無功不官無德不誅無罪朝
無幸位民無幸生故上賢使能而等級不踰折暴
禁悍而刑罰不過百姓曉然皆知夫為善於家取
賞於朝也為不善於幽而蒙刑於顯夫是之謂定
論是王者之德詩曰明昭有周式序在位
傳曰以從俗為善以貨財為寶以養性為己至道是
民德也未及於士也行法而志堅不以私欲害其
所聞是勁士也未及於君子也行法而志堅好脩
其所聞以矯其情言行多當未安諭也知慮多當
未周密也上則能大其所隆也下則開道不若已

者是篤厚君子未及聖人也若夫百王之法若別
黑白應當世變若數三綱行禮要節若運四支因
化之功若推四時天下得序群物安居是聖人也
詩曰明昭有周式序在位
魏文侯欲置相召李克問曰寡人欲置相非翟黃則
魏成子願卜之於先生李克避席而辭曰臣聞之
卑不謀尊疏不間親臣外居者也不敢當命文侯
曰先生臨事勿讓李克曰夫觀士也居則視其所
親富則視其所與達則視其所舉窮則視其所不
為貧則視其所不取此五者足以觀矣文侯曰請

先生就舍寡人之相定矣李克出遇翟黄曰今日聞君名先生而卜相果誰為之李克曰魏成子為之翟黄悖然作色曰吾何負於魏成子西河之守吾所進也君以鄴為憂吾進西門豹君欲伐中山吾進樂羊中山既拔無守之吾進先生君欲置太子傅吾進趙蒼皆有成功就事吾何負於魏成子克曰子之言克於子之君也豈比周以求大官哉君問置相非成則黄二子何如臣對曰君不察故也居則視其所親富則視其所與達則視其所舉窮則視其所不為貧則視其所不取五者以定矣

何待克哉。是以知魏成子為相也。且子焉得與魏成子比。魏成子食祿日千鍾，什一在內，以聘約天下之士。是以得卜子夏、田子方、段干木。此三人，君皆師友之。子之所進，皆臣之。子焉得與魏成子比乎。翟黃逡巡再拜曰：鄙人固陋，失對於夫子。詩曰：明照有周，式序在位。

成侯、嗣公，聚斂計數之君也。未及取民也。子產，取民者也。未及為政也。管仲，為政者也。未及脩禮。故脩禮者王，為政者強，取民者安，聚斂者亡。故聚斂以招穀，積財以肥敵，危身亡國之道也。明君不蹈也。

將脩禮以齊朝正法以齊官平政以齊下然後節
奏于朝決則度量正乎官忠信愛刑刑于下如是
百姓愛之如父母畏之如神明是以德澤洋乎海
内福祉歸乎王公詩曰降福簡簡威儀反反既醉
旣飽福祿来反
楚莊王寢疾卜之曰河為崇大夫曰請用牲莊王曰
止古者聖王之祭不過望濉漳江漢楚之望也寡
人雖不德河非所獲罪也遂不祭三日而疾有瘳
孔子聞之曰楚莊王之霸其有方矣制節守職反
身不貳其霸不亦宜乎詩曰嗟嗟保介莊王之謂

也
人主之疾十有二發非有賢醫莫能治也何謂十二
發痿蹶逆脹滿支膈盲煩喘痺風此之曰十二發
賢醫治之何曰省事輕刑則痿不作無使小民饑
寒則蹶不作無令財貨上流則逆不作無令倉廩
積腐則脹不作無使府庫充實則滿不作無使群
臣縱恣則支不作無使下情不上通則膈不作上
材恤下則盲不作法令奉行則煩不作無使下怨
則喘不作無使賢伏匿則痺不作無使百姓歌吟
誹謗則風不作夫重臣群下者人主之心腹支體

也。心腹支體無疾則人主無疾矣。故非有賢醫莫能治也。人皆有此十二疾。而不用賢醫則國非其國也。詩曰。多將熇熇。不可救藥。終亡而已矣。故賢醫用則衆庶無疾。况人主乎。

傳曰。太平之時。無瘖聾跛眇尫蹇侏儒折短。父不哭子。兄不哭弟。道無襁負之遺育。然各以其序終者。賢醫之用也。故安止平正。除疾之道無他焉。用賢而已矣。詩曰。有瞽有瞽。在周之庭。紂之餘民也。

傳曰。喪祭之禮廢則臣子之恩薄。臣子之恩薄則背死亡生者衆。小雅曰。子子孫孫。勿替引之。

人事倫則順于鬼神順于鬼神則降福孔偕詩曰以
享以配以介景福

武王伐紂到于邢丘楯折為三天雨三日不休武王
心懼召太公而問曰意者紂未可伐乎太公對曰
不然楯折為三者軍當分為三也天雨三日不休欲
灑吾兵也武王曰然何若矣太公曰愛其人及屋
上烏惡其有人者憎其骨餘咸劉厥敵靡使有餘
武王曰於戲天下未定也周公趨而進曰不然使
各度其宅而佃其田無獲舊新百姓有過在予一
人武王曰於戲天下已定矣乃脩武勒兵於寧更

名邢丘曰懷甯曰修武行克紂于牧之野詩曰牧野洋洋檀車皇皇駟騵彭彭維師尚父時維鷹揚涼彼武王肆伐大商會朝清明既反商及下車封黄帝之後於薊封帝堯之後於祝封舜之後於陳下車而封夏后氏之後於杞封殷之後於宋封比干之墓釋箕子之囚表商容之閭濟河而西馬放華山之陽示不復乘牛放桃林之野示不復服也車甲衅而藏之於府庫示不復用也於是發軍而郊射左射貍首右射騶虞然後天下知武王不復用兵也祀乎明堂而民知孝朝覲然後諸侯知以

敬坐三老於大學天子執醬而饋執爵而酳所以
教諸侯之悌也此四者天下之大教也夫武之久
不亦宜乎詩曰勝殷遏劉耆定爾功信伐紂而殷
亡武乎

孟嘗君請學於閔子使車往迎閔子閔子曰禮有來
學無往教致師而學不能學往教則不能化君也君
所謂不能學者也臣所謂不能化者也於是孟嘗
君曰敬聞命矣明日袪衣請受業詩曰日就月將

劍雖利不厲不斷材雖美不學不高雖有旨酒嘉殽
不嘗不知其旨雖有善道不學不達其功故學然

後知不足教然後知不究不足故自愧而勉不究
故盡師而熟由此觀之則教學相長也子夏問詩
學一而知二孔子曰起予者商也始可與言詩已
矣孔子賢乎英傑而聖德備弟子被光景而德彰
詩曰日就月將
月學之道嚴師為難師嚴然後道尊道尊然後民知
敬學故太學之禮雖詔於天子無北面尊師尚道
也故不言而信不怒而威師之謂也詩曰日就月
將學有緝熙於光明
傳曰宋大水魯人弔之曰天降淫雨害於粢盛延及

君地以憂執政使臣敬弔宋人應之曰寡人不仁齋戒不修使民不時天加以災又遺君憂拜命之辱孔子聞之曰宋國其庶幾矣弟子曰何謂孔子曰昔桀紂不任其過其亡也忽焉成湯文王知任其過其興也勃焉過而改之是不過也宋人聞之乃夙興夜寐弔死問疾戮力宇內三歲年豐政平鄉使宋人不聞孔子之言則年穀未豐而國家未寧詩曰弗時仔肩示我顯德行

齊桓公設庭燎為使人欲造見者朞年而士不至於是東野有以九九見者桓公使戲之曰九九足以

見乎鄙人曰臣聞君設庭燎以待士朞年而士不
至夫士之所以不至者君天下之賢君也四方之
士皆自以不及君故不至也夫九九薄能耳而君
猶禮之況賢於九九者乎夫太山不讓礫石江海
不辭小流所以成其大也詩曰先民有言詢于芻
蕘博謀也桓公曰善乃固禮之朞月四方之士相
導而至矣詩曰自堂徂基自羊来牛小以成大
太平之時民行役者不踰時男女不失時以偶孝子
不失時以養外無曠夫內無怨女上無不慈之父
下無不孝之子父子相成夫婦相保天下和平國

家安寧，人事備乎下，天道應乎上。故天不變經，地不易形，日月昭明，列宿有常，天施地化，陰陽和合，動以雷電，潤以風雨，節以山川，均以寒暑，萬民育生，各得其所，而制國用。故國有所安，地有所主。聖人刳木為舟，剡木為檝，以通四方之物，使澤人足乎木，山人足乎魚，餘衍之財有所流。故豐膏不獨樂，磽确不獨苦，雖遭凶年饑歲，禹湯之水旱，而民無凍餓之色。故生不乏用，死不轉尸，夫是之謂樂。

詩曰：於鑠王師，遵養時晦。

能制天下，必能養其民也；能養民者，為自養也。飲食

適乎藏滋味適乎氣勞佚適乎筋骨寒煖適乎肌
膚然後氣藏平心術治思慮得喜怒時起居而遊樂
事時而用足夫是之謂能自養者也故聖人不淫
佚侈靡者非鄙夫色而愛財用也養有適過則不
樂故不為也是以冬不數浴非愛水也夏不頻湯
非愛火也不高臺榭非無土木也不大鐘鼎非無
金錫也不沉於酒不貪於色非辟醜也直行情性
之所安而制度可以為天下法矣故用不靡財則足
以養其生而天下稱其仁也養不害性足以成教
而天下稱其義也適情辟餘不求非其有而天下

稱其廉也。行成不可掩。息刑不可犯。執一道而輕萬物。天下稱其勇也。四行在乎民。居則婉愉。怒則勝敵。故審其所以養而治道具矣。治道具而遠近畜矣。詩曰。於鑠王師。遵養時晦。言相養者之至於晦也。

公儀休相魯而嗜魚。一國人獻魚而不受。其弟諫曰。嗜魚不受何也。曰。夫欲嗜魚。故不受也。受魚而免於相。則不能自給魚。無受而不免於相。長自給於魚。此明於魚爲已者也。故老子曰。後其身而身先。外其身而身存。非以其無私乎。故能成其私。詩曰。

韓詩外傳 卷三

思無邪。此之謂也。
傳曰。魯有父子訟者。康子欲殺之。孔子曰。未可殺也。
夫民父子訟之。為不義久矣。是則上失其道。上有
道是人亡矣。訟者聞之。請無訟。康子曰。治民以孝。
殺一不義以僇不孝。不亦可乎。孔子曰。否。不教而
聽其獄。殺不辜也。三軍大敗不可誅也。獄讞不治
不可刑也。上陳之教。而先服之。則百姓從風矣。邪
行不從。然後俟之以刑。則民知罪矣。夫一仞之墻。
民不能踰。百仞之山。童子登遊焉。凌遲故也。今其
仁義之陵遲久矣。能謂民無踰乎。詩曰。俾民不迷。

昔之君子道其百姓不使迷是以威厲而刑措不
用也故刑其仁義謹其教道使民目晰焉而見之
使民耳晰焉而聞之使民心晰焉而知之則道不
迷而民志不惑矣詩曰示我顯德行故道義不易
民不由也禮樂不明民不見也詩曰周道如砥其
直如矢言其易也君子所履小人所視言其明也
睠言顧之潸焉出涕哀其不聞禮教而就刑誅也
夫散其本教而待之刑辟猶決其牢而發以毒矢
也亦不哀乎故曰未可殺也昔者先王使民以禮
譬之如御也刑者鞭策也今猶無轡銜而鞭策以

御也。欲馬之進。則策其後。欲馬之退。則策其前。御者以勞。而馬亦多傷矣。今猶此也。上憂勞而民多罹刑。詩曰。人而無禮。胡不遄死。為上無禮則不免乎患。為下無禮則不免乎刑。上下無禮。胡不遄死。康子避席再拜曰。僕雖不敏。請承此語矣。孔子退朝。門人子路難曰。父子訟道邪。孔子曰。非也。子路曰。然則夫子胡為君子而免之也。孔子曰。不戒責成害也。慢令致期暴也。不教而誅賊也。君子為政避此三者。且詩曰。載色載笑。匪怒伊教。當舜之時。有苗不服。其不服者。衡山在南。岐山在北。

左洞庭之陂，右彭澤之水，由此險也。以其不服，禹請伐之，而舜不許，曰：「吾喻教猶未竭也。」久喻教，而有苗民請服，天下聞之，皆薄禹之義，而美舜之德。詩曰：「載色載笑，匪怒伊教。」舜之謂也。問曰：「然則禹之德不及舜乎？」曰：「非然也。禹之所以請伐者，欲彰舜之德也。故善則稱君，過則稱己，臣下之義也。假使禹為君，舜為臣，亦如此而已矣。夫禹可謂達乎為人臣之大體也。」

季孫子之治魯也，衆殺人而必當其罪，多罰人而必當其過。子貢曰：「暴哉治乎！」季孫聞之曰：「吾殺人必

當其罪罰人必當其過先生以為暴何也子貢曰
夫奚不若子產之治鄭一年而負罰之過省二年
而刑殺之罪亡三年而庫無拘人故民歸之如水
就下愛之如孝子敬父母子產病將死國人皆吁
嗟曰誰可使代子產死者乎及其不免死也士大
夫哭之於朝商賈哭之於市農夫哭之於野哭子
產者皆如喪父母今竊聞夫子疾之時則國人喜
活則國人皆駭以死相賀以生相恐非暴而何哉
賜聞之託法而治謂之暴不戒致期謂之虐不教
而誅謂之賊以身勝人謂之責責者失身賊者失

漳汸一作障防

臣聞虐者失政，暴者失民。且賜聞居上位行此四者，而不亡者，未之有也。於是季孫稽首謝曰：謹聞命矣。詩曰：載色載笑，匪怒伊教。

問者曰：夫智者何以樂於水也？曰：夫水者，緣理而行，不遺小間，似有智者；動而下之，似有禮者；蹈深不疑，似有勇者；漳汸而清，似知命者；歷險致遠，卒成不毀，似有德者。天地以成，群物以生，國家以寧，萬事以平，品物以正，此智者所以樂於水也。詩曰：思樂泮水，薄采其茆。魯侯戾止，在泮飲酒。樂水之謂也。

問者曰夫仁者何以樂於山也曰夫山者萬民之所瞻仰也草木生焉萬物植焉飛鳥集焉走獸休焉四方益取與焉出雲道風從乎天地之間天地以成國家以寧此仁者所以樂於山也詩曰太山巖巖魯邦所瞻樂山之謂也

傳曰晉文公嘗出亡反國三行賞而不及陶叔狐陶叔狐謂咎犯曰吾從而亡十有一年顏色黧黑手足胼胝今反國三行賞而我不與焉君其忘我乎其有大過乎子試為我言之咎犯言之文公曰噫我豈忘是子哉高明至賢志行全成湛我以道說

我以仁變化我行昭明我使我為成人者吾以為
上賞恭我以禮防我以義藩援我使我不為非者
吾以為次勇猛強武氣勢自御難在前則處前難
在後則處後免我危難之中者吾以為次然勞苦
之士次之詩曰率履不越遂視既發今不內自訟
過不悅百姓將何錫之哉

夫詐人者曰古今異情其所以治亂異道而衆人皆
愚而無知陋而無度者也於其所見猶可欺也況
乎千歲之後乎彼詐人者門庭之間猶挾欺而況
乎千歲之上乎然則聖人何以不可欺也曰聖人

以已度人者也以心度心以情度情以類度類古
今一也類不悖雖久同理故性緣理而不迷也夫
五帝之前無傳人非無賢人久故也五帝之中無
傳政非無善政久故也虞夏有傳政不如殷周之
察也非無善政久故也夫傳者久則愈略近則愈
詳略則擧大詳則擧細故愚者聞其大不知其細
聞其細不知其大是以久而差三王五帝政之至
也詩曰帝命不違至于湯齊言古今一也
舜生於諸馮遷於負夏卒於鳴條東夷之人也文王
生於岐周卒於畢郢西夷之人也地之相去也千

有餘里世之相後也千有餘歲然得志行乎中國若合符節孔子曰先聖後聖其揆一也詩曰帝命不違至于湯齊

孔子觀於周廟有欹器焉孔子問於守廟者曰此謂何器也對曰此蓋為宥座之器孔子曰聞宥座器滿則覆虛則欹中則正有之乎對曰然孔子使子路取水試之滿則覆中則正虛則欹孔子喟然而嘆曰嗚呼惡有滿而不覆者哉子路曰敢問持滿有道乎孔子曰持滿之道抑而損之子路曰損之有道乎孔子曰德行寬裕者守之以恭土地廣大

者守之以儉祿位尊盛者守之以卑人衆兵強者守之以畏聰明睿智者守之以愚博聞強記者守之以淺夫是之謂抑而損之詩曰湯降不遲聖敬日躋

周公踐天子之位七年布衣之士所贄而師者十人所友見者十二人窮巷白屋先見者四十九人時進善百人教士千人宮朝者萬人成王封伯禽於魯周公誡之曰往矣子無以魯國驕士吾文王之子武王之弟成王之叔父也又相天下吾於天下亦不輕矣然一沐三握髮一飯三吐哺猶恐失天

下之士吾聞德行寬裕守之以恭者榮土地廣大
守之以儉者安祿位尊盛守之以卑者貴人衆兵
强守之以畏者勝聰明睿智守之以愚者善博聞
强記守之以淺者智夫此六者皆謙德也夫貴爲
天子富有四海由此德也不謙而失天下亡其身
者桀紂是也可不愼歟故易有一道大足以守天
下中足以守其國家近足以守其身謙之謂也夫
天道虧盈而益謙地道變盈而流謙鬼神害盈而
福謙人道惡盈而好謙是以衣成則必缺袵宮成
則必缺隅屋成則必加拙示不成者天道然也易

曰。譏乎君子有終吉。詩曰。湯降不遲。聖敬日躋。誠
之哉其無以魯國驕士也。
傳曰。子路盛服以見孔子。孔子曰。由疏疏者何也。昔
者江於濆其始出也。不足以濫觴。及其至乎江之
津也。不方舟不避風不可渡也。非其衆川之多歟。
今汝衣服其盛顏色充滿。天下有誰加汝哉。子路
趨出。改服而入。蓋攝如也。孔子曰。由志之。吾語汝。
夫慎於言者不譁。慎於行者不伐。色知而有長者
小人也。故君子知之為知之。不知為不知。言之要
也。能之為能之。不能為不能。行之要也。言要則知。

行要則仁既知且仁又何加哉詩曰湯降不遲聖
敬日躋
君子行不貴苟難說不貴苟察名不貴苟傳惟其當
之爲貴夫負石而赴河行之難爲者也而申徒狄
能之君子不貴者非禮義之中也山淵平天地比
齊秦襲入乎耳出乎口鉤有鬚卵有毛此說之難
持者也而鄧析惠施能之君子不貴者非禮義之
中也盜跖吟口名聲若日月與舜禹俱傳而不息
君子不貴者非禮義之中也故君子行不貴苟難
說不貴苟察名不貴苟傳惟其當之爲貴詩曰不

競不絿不剛不柔言當之為貴也
伯夷叔齊目不視惡色耳不聽惡聲非其君不事非
其民不使橫政之所出橫民之所止弗忍居也思
與鄉人居若朝衣朝冠坐於塗炭也故聞伯夷之
風者貪夫廉懦夫有立志至柳下惠則不然不羞
汙君不辭小官進不隱賢必由其道阨窮而不憫
遺佚而不怨與鄉人居愉愉然不去也雖袒裼裸
裎於我側彼安能浼我哉故聞柳下惠之風鄙夫
寬薄夫厚至乎孔子去魯遲遲乎其行也可以去
而去可以止而止去父母國之道也伯夷聖人之

清者也柳下惠聖人之和者也孔子聖人之中者也詩曰不競不絿不剛不柔中庸和通之謂也

王者之等賦正事田野什一關市譏而不征山林澤梁以時入而不禁相地而正壤理道而致貢萬物群来無有流滯以相通移近者不隱其能遠者不疾其勞雖幽閒僻陋之國莫不趨使而安樂之夫是之謂王者之等賦正事詩曰敷政優優百祿是遒

孫卿與臨武君議兵於趙孝成王之前王曰敢問兵之要臨武君曰夫兵之要上得天時下得地利後

之發先之至此兵之要也孫卿曰不然夫兵之要在附親士民而已六馬不和造父不能以致遠弓矢不調羿不能以中微士民不親附湯武不能以戰勝由此觀之要在於附親士民而已矣臨武君曰不然夫兵之用變故也其所貴謀詐也善用之者猶脫兔莫知其出孫吳用之無敵於天下由此觀之豈待親士民而後可哉孫卿曰不然子之所道者諸侯之兵謀臣之事也臣之所道者仁人之兵聖王之事也彼可詐者必怠慢者也君臣上下之際突然有離德者也夫以跖而詐桀猶有工拙

焉以桀而詐堯如以指撓沸以卵投石抱羽毛而
赴烈火入則焦也夫何可詐也且夫暴國將孰與
至哉彼其與至者必欺其民民之親我也芬若椒
蘭歡如父子彼顧其上如憯毒蜂蠆之人雖桀跖
豈肯為其所至惡賊其所至愛哉是猶使人之子
孫自賊其父母也彼則先覺其失何可詐哉且仁
人之兵聚則成卒散則成列延居則若莫邪之長
刃嬰之者斷銳居則若莫邪之利鋒當之者潰圓
居則若丘山之不可移也方居則若磐石之不可
拔也觸之摧角折節而退耳夫何可詐也詩曰武

王載旆有虔秉鉞如火烈烈則莫我敢曷此謂湯
武之兵也孝成王避席仰首曰寡人雖不敏請依
先生之兵也
受命之士正衣冠而立儼然人望而信之其次聞其
言而信之其次見其行而信之既見其行而衆皆
不信斯下矣詩曰慎爾言矣謂爾不信
昔者不出戸而知天下不窺牖而見天道非目能視
乎千里之前非耳能聞乎千里之外以已之情量
之也已惡饑寒焉則知天下之欲衣食也已惡勞
苦焉則知天下之欲安佚也已惡衰乏焉則知天

下之欲富足也知此三者聖王之所以不降席而
匡天下故君子之道忠恕而已矣夫處饑渴苦血
氣困寒暑動肌膚此四者民之大害也害不除未
可教御也四體不掩則鮮仁人五藏空虛則無立
士故先王之法天子親耕后妃親蠶先天下憂衣
與食也詩曰父母何嘗心之憂矣之子無裳

韓詩外傳卷第四

漢　燕人韓　嬰著

皇和　南越烏宗成校

紂作炮烙之刑。王子比干曰。主暴不諫。非忠也。畏死不言。非勇也。見過即諫。不用即死。忠之至也。遂諫。三日不去朝。紂囚殺之。詩曰。昊天大憮。予慎無辜。

桀為酒池。可以運舟。糟丘足以望十里。而牛飲者三千人。關龍逢進諫曰。古之人君。身行禮義。愛民節財。故國安而身壽。今君用財若無窮。殺人若恐弗勝。君若弗革。天殃必降。而誅必至矣。君其革之。立

而不去朝桀因而殺之君子聞之曰天之命矣詩
曰昊天太憮予慎無辜
有大忠者有次忠者有下忠者有國賊者以道覆君
而化之是謂大忠也以德調君而輔之是謂次忠
也以諫非而怨之是謂下忠也不恤乎公道之達
義偷合苟同以持祿養者是謂國賊也若周公之
於成王可謂大忠也管仲之於桓公可謂次忠也
子胥之於夫差可謂下忠也曹觸龍之於紂可謂
國賊也皆人臣之所爲也吉凶賢不肖之効也詩
曰匪其止恭惟王之邛

哀公問取人。孔子曰。無取健。無取佞。無取口讒。健驕也。佞諂也。讒誕也。故弓調然後求勁焉。馬服然後求良焉。士信愨而後求知焉。士不信焉。又多知。譬之豺狼。其難以身近也。周書曰。爲虎傅翼也。不亦殆乎。詩曰。匪其止恭。惟王之邛。言其不恭其職事。而病其主也。

齊桓公獨以管仲謀伐莒。而國人知之。桓公謂管仲曰。寡人獨爲仲父言。而國人知之何也。管仲曰。意若國中有聖人乎。今東郭牙安在。桓公顧曰。在此。管仲曰。子有言乎。東郭牙曰。然。管仲曰。子何以知

之曰臣聞君子有三色是以知之管仲曰何謂三
色曰歡忻衆說鐘鼓之色也愁悴哀憂衰絰之色
也猛厲充實兵革之色也是以知之管仲曰何以
知其莒也對曰君東面而指口張而不掩舌擧而
不下是以知其莒也桓公曰善東郭先生曰目者
心之符也言之者行之指也夫知者之於人也未
嘗求知而後能之也觀容貌察氣志定取舍而人
情畢矣詩曰他人有心予忖度之
今有堅甲利兵不足以施敵破虜弓良矢調不足射
遠中微與無兵等爾有民不足强甲嚴敵與無民

等爾。故磐石千里不爲有地。愚民百萬不爲有民。

詩曰。維南有箕。不可以簸揚。維北有斗。不可以挹酒漿。

傳曰。舜彈五絃之琴。以歌南風而天下治。周平公酒不離於前。鐘石不解於懸。而宇内亦治。匹夫百畝一室不遑啓處。無所移之也。夫以一人而兼聽天下。其日有餘而下治。是使人爲之也。夫擅使人之權。而求不能制衆於下。即在位者非其人也。詩曰。維南有箕。不可以簸揚。維北有斗。不可以挹酒漿。言有位無其事也。

齊桓公伐山戎其道過燕燕君送之出境桓公問管
仲曰諸侯相送固出境乎管仲曰非天子不出境
桓公曰然畏而失禮也寡人不可使燕失禮乃割
燕君所至之地以與之諸侯聞之皆朝於齊詩曰
靖恭爾位好是正直神之聽之介爾景福
韶用干戚非至樂也舜兼二女非達禮也封黄帝之
子十九人非法義也往田號泣未盡命也以人觀
之則是也以法量之則未也禮曰禮儀三百威儀
三千詩曰靖恭爾位正直是與神之聽之式穀以
女

禮者治辯之極也強國之本也威行之道也功名之統也王公由之所以一天下也不由之所以隕社稷也是故堅甲利兵不足以為武高城深池不足以為固嚴令煩刑不足以為威由其道則行不由其道則廢楚人蛟革犀兕以為甲堅如金石宛如鉅虵慘若蜂蠆輕利剛疾卒如飄風然兵殆於垂沙唐子死莊蹻起楚分為三四者此豈無堅甲利兵也哉所以統之非其道故也汝淮以為險江漢以為池緣之以方城限之以鄧林然秦師至於鄢郢舉若振槁然是豈無固塞限險也哉其所以

統之者。非其道故也。紂殺比干而囚箕子為炮烙之刑。殺戮無時。群下愁怨。皆莫冀其命。然周師至令不行乎左右。而豈其無嚴令繁刑也哉。其所以統之者。非其道故也。若夫明道而均分之。誠愛而時使之。則下之應上。如影響矣。有不由命。然後俟之以刑。刑一人而天下服。下不非其上。知罪在已也。是以刑罰競消。而威行如流者。無他。由是道故也。詩曰。自東自西。自南自北。無思不服。如是則近者歌謳之。遠者赴趨之。幽間僻陋之國。莫不趨使而安樂之。若赤子之歸慈母者何也。仁刑義立。教

誠愛深禮樂交通故也詩曰禮儀卒度笑語卒獲
君子者以禮分施均偏而不偏臣以禮事君忠順而
不解父寬惠而有禮子敬愛而致恭兄慈愛而見
友弟敬詘而不遏夫臨照而有別妻柔順而聽從
若夫行之而不中道即恐懼而自竦此全道也偏
立即亂具立即治請問兼能之柰何曰審禮昔者
先王審禮以惠天下故德及天地動無不當夫君
子恭而不難敬而不鞏貧窮而不約富貴而不驕
應變而不窮審之禮也故君子於禮也敬而安之
其於事也經而不失其於人也寬裕寡怨而弗阿

其於儀也脩飾而不危其應變也齊給便捷而不
累其於百官伎藝之人也不與諍能而致用其
其於天地萬物也不拂其所而謹財其盛其待上
也忠順而不解其使下也均遍而不偏其於交遊
也緣類而有義其於鄉曲也容而不亂是故窮則
有名通則有功仁義兼覆天下而不窮明通天地
理萬變而不疑血氣平和志意廣大行義塞天地
仁知之極也夫是謂先王審之禮也若是則老者
安之少者懷之朋友信之如赤子之歸慈母也曰
仁刑義立教成愛深禮樂交通故也詩曰禮義卒

度笑語卒獲。

晏子聘魯。上堂則趨。授玉則跪。子貢怪之。問孔子曰。晏子知禮乎。今者晏子來聘魯。上堂則趨。授玉則跪。何也。孔子曰。其有方矣。待其見我。我將問焉。俄而晏子至。孔子問之。晏子對曰。夫上堂之禮。君行一。臣行二。今君行疾。臣敢不趨乎。今君之授幣也卑。臣敢不跪乎。孔子曰。善。禮中又有禮。賜寡使也。何足以識禮也。詩曰。禮儀卒度。笑語卒獲。晏子之謂也。

古者八家而井田。方里為一井。廣三百步。長三百步。

丁里其田九百畝廣一步長百步為一畝廣百步
長百步為百畝八家為鄰家得百畝餘夫各得二
十五畝家為公田十畝餘二十畝共為廬舍各得
二畝半八家相保出入更守疾病相憂患難相救
有無相貸飲食相召嫁娶相謀漁獵分得仁恩施
行是以其民和親而相好詩曰中田有廬疆場有
瓜今或不然今民相伍有罪相伺有刑相舉使搆
造怨仇而民相殘傷和睦之心賊仁恩害士化所
和者寡欲敗者巨於仁道泯焉詩曰其何能淑載
胥及溺

天子不言多少。諸侯不言利害。大夫不言得喪。士不言通財貨。不為賈道。故駟馬之家不恃雞豚之息。伐冰之家不圖牛羊之入。千乘之君不通貨財。冢卿不脩幣施。大夫不為場圃。委積之臣不貪市井之利。是以貧窮有所歡。而孤寡有所措其手足也。詩曰。彼有遺秉。此有滯穗。伊寡婦之利。

人主欲得善射及遠中微。則懸貴爵重賞以招致之。內不阿子弟。外不隱遠人。能中是者取之。是豈不謂之大道也哉。雖聖人弗能易也。今欲治國馭民。調一上下。將內以固城。外以拒難。治則制人。人弗能制亂則危削滅亡可立待也然而求卿相輔佐獨不如是之公惟便辟比已之用是豈不獨過乎故有社稷莫不欲安俄則危矣莫不欲存俄則亡矣古之國千餘今無數十其故何也莫不失於是也故明主有私人以百金名珠玉而無私人以官職事業者也亦曰本不利所私也彼不能而主使之是闇主也臣不能而為之是詐臣也主闇於上臣詐於下滅亡無日矣俱害之道也故惟明主能愛其所愛闇主則必危其所愛夫文王非無便辟親比已者超然乃舉太公於舟人而用之豈私之哉

以爲親邪。即異族之人也。以爲故耶。即未嘗相識也。以爲姣好耶。即太公年七十二。齳然而齒墮矣。然而用之者。文王欲立貴道。欲白貴名。兼制天下。以惠中國。而不可以獨。故舉是人而用之。貴道果立。貴名果白。兼制天下。立國七十二。姬姓獨居五十二。周之子孫。苟不狂惑。莫不爲天下顯諸侯。夫是之謂能愛其所愛矣。故惟明主能愛其所愛。闇主必危其所愛。此之謂也。大雅曰。貽厥孫謀。以燕翼子。小雅曰。死喪無日。無幾相見。危其所愛之謂也。

問者不告告者勿問有諍氣者勿與論必由其道至
然後接之非其道則避之故禮恭然後可與言道
之方辭順然後可與言道之理色從然後可與言
道之極故未可與言而言謂之瞽可與言而不與
之言謂之隱君子不瞽言謹愼其序詩曰彼交匪
紓天子所予言必交吾志然後予
予爲親隱義不得正君誅不義仁不得愛雖違仁害
義法在其中矣詩曰游哉優哉亦是戾矣
齊桓公問於管仲曰王者何貴曰貴天桓公仰而視
天管仲曰所謂天非蒼莽之天也王者以百姓爲

夫百姓與之即安輔之即強非之即危倍之即亡
詩曰民之無良相怨一方民皆居一方而怨其上
不亡者未之有也
善御者不忘其馬善射者不忘其弓善為上者不忘
其下誠愛而利之四海之內闔若一家不愛而利
子或殺父而況天下乎詩曰民之無良相怨一方
出則為宗族患入則為鄉里憂詩曰如蠻如髦我是
用憂小人之行也
有君不能事有臣欲其忠有父不能事有子欲其孝
有兄不能敬有弟欲其從令詩曰受爵不讓至于

已斯亡言能知於人而不能自知也
夫常世之愚飾邪説文姦言以亂天下欺惑衆愚使
混然不知是非治亂之所存者即是范雎魏牟田
文莊周愼到田駢墨翟宋銒鄧析惠施之徒也此
十子者皆順非而澤聞見雜博然而不師上古不
法先王按往舊造説務自爲工道無所遇而人相
從故曰十子者之工説説皆不足合大道美風俗
治綱紀然其持之各有故言之皆有理足以欺惑
衆愚交亂樸鄙即是十子之罪也若夫總方略一
統類齊言行群天下之英傑告之以大道教之以

至順隩窔之間。袵席之上。簡然聖王之文具。沛然平世之俗起。工説者不能入也。十子者不能親也。無置錐之地。而王公不能與爭名。則是聖人之未得志者也。仲尼是也。舜禹是也。仁人將何務哉。上法舜禹之制。下則仲尼之義。以務息十子之説。如是者仁人之事畢矣。天下之害除矣。聖人之迹著矣。詩曰。雨雪瀌瀌。見晛聿消。

君子大心則敬天而道。小心則畏義而節。知則明達而類。愚則端慤而法。喜則和而治。憂則靜而違。達則寧而容。窮則納而詳。小人大心則慢而暴。小心即淫而傾，知即攫盜而儌，愚則毒賊而亂，喜則輕易而快，憂則挫而懾，達則驕而偷，窮則棄而累。其肢體之序與禽獸同節，言語之暴與蠻夷不殊，出則為宗族患，入則為鄉里憂。詩曰：如蠻如髦，我是用憂。

傳曰：愛由情出謂之仁，節愛理宜謂之義，致愛恭謹謂之禮，文禮謂之容。禮容之美，自足以為治。故其言可以為民道，故民從是言也；行可以為民法，民從是行也。書之於策，傳之於志，語萬世子子孫孫，道而不舍。由之即治，失之即亂；由之即生，失之即

死今夫敗體之序與禽獸同節言語之暴與蠻夷不殊混然無道此明主聖王之所罪詩曰如蠻如髦我是用憂

客有說春申君者曰湯以七十里文王百里皆兼天下一海內今夫孫子者天下之賢人也君籍之百里之勢臣竊以為不便於君若何春申君曰善於是使人謝孫子孫子去而之趙趙以為上卿客又說春申君曰昔伊尹去夏之殷殷王而夏亡管仲去魯而入齊魯弱而齊強由是觀之夫賢者之所在其君未嘗不善其國未嘗不安也今孫子天下

之賢人何為辭而去春申君又云善於是使請孫
子孫子因偽書謝之鄙語曰癘憐王此不恭之語
也雖不可不審也此比為劫殺死亡之主者也夫
人主年少而放無術法以知奸郎大臣以專斷圖
私以禁誅於已也故捨賢長而立幼弱廢正直而
立不善故春秋之志曰楚王之子圍聘於鄭未出
境聞王疾返問疾遂以冠纓絞王而殺之因自立
齊崔杼之妻美莊公通之崔杼不許欲自刄於廟
莊公走出踰於外牆射中其股遂殺而立其弟景
公近世所見李兌用趙餓主父於沙丘百日而殺

之淖齒用齊擢閔王之筋而懸之於廟宿昔而殺之夫癘雖癰腫痂疵上比遠世未至絞頸射股也下比近世未至擢筋餓死也夫劫殺死亡之主心之憂勞形之苦痛必甚於癘矣由此觀之癘雖憐王可也因爲賦曰璇玉瑤珠不知佩雜布與錦不知異閭娵子都莫之媒嫫母力父是之喜以盲爲明以聾爲聰以是爲非以吉爲凶嗚呼上天曷維其同詩曰上帝甚慆無自瘵焉

南苗異狩之鞹猶犬羊也與之於人猶死之藥也安舊移質習貫易性而然也夫狂者自齕忘其非芻

豢也。飯土而忘其非粱飯也。然則楚之狂者。楚言
齊之狂者齊言。習使然也。夫習之於人。微而著。深
而固。是暢於筋骨。貞於膠漆。是以君子務為學也
詩曰。既見君子。德音孔膠。
孟子曰。仁人心也。義人路也。舍其路弗由。放其心而
弗求。人有雞犬放則知求之。有放心而不知求其
於心。為不若雞犬哉。不知類之甚矣。悲夫。終亦
必亡而已矣。故學問之道無他焉。求其放心而已。
詩曰。中心藏之。何日忘之。
道雖近不行不至。事雖小不為不成。每自多者出人

十二

不遠矣夫。巧弓在此手也。傳角被筋膠漆之和。即可以為萬乘之寶也。及其彼手。而賈不數銖。人同材鈞。而貴賤相萬者。盡性致志也。詩曰。中心藏之。何日忘之。

傳曰。誠惡惡。之刑之本。誠善善。之敬之本。彼誠感神。達乎民心。知刑敬之本。不怒而威。不言而信。誠德之主。詩曰。鼓鍾于宮。聲聞于外。

孔子見客。客去。顏淵曰。客仁也。孔子曰。恨兮其心。顙兮其口。仁則吾不知也。言之所聚也。顏淵蹙然變色曰。良玉度尺。雖有十仞之土。不能掩其光。良珠

度寸。雖有百仞之水。不能掩其瑩。夫形體也。色心

也。閔閔乎其薄也。苟有温良在中。則眉睫著之矣。

疵瑕在中。則眉睫不能匿之。詩曰。鼓鍾于宮。聲聞

于外。

僞詐不可長。空虛不可守。朽木不可雕。情亡不可久。

詩曰。鼓鍾于宮。聲聞于外。言有中者。必能見外也。

所謂庸人者。口不能道乎善言。心不能知先王之法。

動作而不知所務。止立而不知所定。日選於物。而

不知所貴。不知選賢人善士而託其身焉。從物而

流。不知所歸。五藏無政。心從而壞。遂不反。是以人動

而形危靜則名辱詩曰之子無良二三其德
客有見周公者應之於門曰何以道旦也客曰在外
即言外在內即言內入乎將毋周公曰請入客曰
立即言義坐即言仁坐乎將毋周公曰請坐客曰
疾言則翕翕徐言則不聞言乎將毋周公唯唯旦
也喻明日興師而誅管蔡故客善以不言之說周
公善聽不言之說若周公可謂能聽微言矣故君
子之告人也微其救人之急也詩曰豈敢憚行畏
不能趨

十四

韓詩外傳

五之六

韓詩外傳卷第五

漢　燕人韓　嬰著

皇和　南越烏宗成校

子夏問曰。關雎何以爲國風始也。孔子曰。關雎至矣乎。夫關雎之人。仰則天。俯則地。幽幽冥冥。德之所藏。紛紛沸沸。道之所行。如神龍變化。斐斐文章。大哉關雎之道也。萬物之所繫。群生之所懸命也。河洛出書圖。麟鳳翔乎郊。不由關雎之道。則關雎之事將奚由至矣哉。夫六經之策。皆歸論汲汲。蓋取之乎關雎。關雎之事大矣哉。馮馮翊翊。自東自西自

南自北無思不服予其勉強之思服之天地之間
生民之屬王道之原不外此矣子夏喟然嘆曰大
哉關雎乃天地之基也詩曰鼓鐘樂之
孔子抱聖人之心彷徨乎道德之域逍遙乎無形之
鄉倚天理觀人情明終始知得失故興仁義厭制
勢以持養之于時周室微王道絶諸侯力政強刼
弱衆暴寡百姓靡安莫之紀綱禮儀廢壞人倫不
理於是孔子自東自西自南自北匍匐救之
王者之政賢能不待次而舉不肖不待須臾而廢元
惡不待教而誅中庸不待政而化分未定也則有

昭穆雖公卿大夫之子孫也行絶禮義則歸之
人遂傾覆之民牧而試之雖庶民之子孫也積學
文正身行能禮儀則歸之士大夫敬而待之安則
畜不安則棄反側之民上收而事之官而衣食之
王覆無遺材行反時者死之無赦謂之天誅是王
者之政也詩曰人而無儀不死何為
君者民之源也源清則流清源濁則流濁故有社稷
者不能愛其民而求民親己愛己不可得也民不
親不愛而求為己用為己死不可得也民弗為用
弗為死而求兵之勁城之固不可得也兵不勁城

不固而欲不危削滅亡不可得也夫危削滅亡之
情皆積於此而求安樂是閒不亦難乎是枉生者
也悲夫枉生者不須時而滅亡矣故人主欲强固安
樂莫若反已欲附下一民則莫若反之政欲脩政
美俗則莫若求其人彼其人者生今之世而志乎
古之世以天下之王公莫之好也而是子獨好之
以民莫之爲也而是子獨爲之也抑爲之者窮而
是子猶爲之而無是須臾怠焉差焉獨明夫先王
所以遇之者所以失之者知國之安危臧否若別
白黑則是其人也人主欲强固安樂則莫若與其

二

[illegible]衍字

人用之，巨用之則天下為一，諸侯為臣，小用之則威行隣國，莫之能御。若殷之用伊尹，周之遇太公，可謂巨用之矣。齊之用管仲，楚用孫叔敖，可謂小用之矣。巨用之者如彼，小用之者如此也。曰粹而王，駁而霸，無一而亡。詩曰：四國無政，不用其良。不用其良臣，而不亡者，未之有也。

造父，天下之善御者矣，無車馬則無所見其能；羿，天下之善射者矣，無弓矢則無所見其巧；彼大儒者調一天下者也，無百里之地則無所見其功。夫車固馬選，而不能以致千里者，則非造父也；弓調矢

直而不能射遠中微者則非羿也用百里之地而
不能調一天下制四夷者則非大儒也彼大儒者
雖隱居窮巷陋室無置錐之地而王公不能與爭
名矣用百里之地則千里國不能與之爭勝矣箠
笞暴國一齊天下莫之能傾是大儒之勳其言有
類其行有禮其舉事無悔其持檢應變曲當與時
遷徙與世偃仰千舉萬變其道一也是大儒之稽
也故有俗人者有俗儒者有雅儒者有大儒者耳
不聞學行無正義迷迷然以富利為隆是俗人也
逢衣博帶略法先主而足亂世術謬學雜其衣冠

言行為已同於世俗而不知其惡也言談議說已無異於老墨而不知分是俗儒者也法先王一制度言行有大法而明不能濟法教之所不及聞見之所未至知之為知之不知為不知內不自誣外不誣人以是尊賢敬法而不敢怠傲焉是雅儒者也法先王依禮義以淺持博以一行萬苟有仁義之類雖鳥獸若別黑白奇物變怪所未嘗聞見卒然起一方則舉統類以應之無所據援法而度之奄然如合符節是大儒者也故人主用俗人則萬乘之國亡用俗儒則萬乘之國存用雅儒則千里

之國安用太儒則千里之地久而三年天下諸侯為臣用萬乘之國則舉錯定於一朝之間詩曰周雖舊邦其命維新可謂白矣謂文王亦可謂大儒已矣

楚成王讀書於殿上而輪扁在下作而問曰未審主君所讀何書也成王曰先聖之書輪扁曰此真先聖王之糟粕耳非美者也成王曰子何以言之輪扁曰以臣輪言之夫以規為圓矩為方此其可付乎子孫者也若夫合三木而為一應乎心動乎體其不可得而傳者也以為所傳真糟粕耳故唐虞

一本異作思幾作戚長作悵

之法。可得而效也。其喻人心不可及矣。詩曰。上天之載。無聲無臭。其孰能及之。

孔子學鼓琴於師襄子。而不進。師襄子曰。夫子可以進矣。孔子曰。丘已得其曲矣。未得其數也。有間曰。夫子可以進矣。曰丘已得其數矣。未得其意也。有間復曰。夫子可以進矣。曰丘已得其人矣。未得其類也。有間曰。邈然遠望。洋洋乎。翼翼乎。必作此樂也。默然異。幾然而長。以王天下。以朝諸侯者。惟其文王乎。師襄子避席再拜曰。善。師以為文王之操也。故孔子持文王之聲。知文王之為人。師襄子曰。

敢問何以知其文王之操也孔子曰然夫仁者好
偉和者好粉智者好彈有殷勤之意者好麗丘是
以知文王之操也傳曰聞其末而達其本者聖也
紂之為主勞民力寬酷之令加於百姓憯悽之惡
施於大臣群下不信百姓疾怨故天下叛而願為
文王臣紂自取之也夫貴為天子富有天下及周
師至而令不行乎左右悲夫當是之時索為匹夫
不可得也詩曰天位殷適使不挾四方
夫五色雖明有時而渝豐交之木有時而落物有成
衰不得自若故三王之道周則復始窮則反本非

務變而已。將以正惡扶微、紬繆淪非、調和陰陽、順
萬物之宜也。詩曰：亹亹文王、綱紀四方。
禮者、則天地之體、因人之情、而為之節文者也。無禮
何以正身、無師安知禮之是也。禮然而然、是情安
於禮也。師云而云、是知若師也。情安禮、知若師、
則是君子之道。言中倫、行中理、天下順矣。詩曰：不
識不知、順帝之則。
上不知順孝、則民不知返本。君不知敬長、則民不知
貴親。禘祭不敬、山川失時、則民無畏矣。不教而誅、
則民不識勸也。故君子脩身及孝、則民不倍矣。敬

存達乎下。則民知慈愛矣。好惡喻乎百姓。則下應其上。如影響矣。是以兼制天下。定海內。臣萬姓之要法也。明王聖主之所不能須臾而舍也。詩曰。成王之孚。下土之式。永言孝思。孝思維則。

成王之時。有三苗貫桑而生。同為一秀。大幾滿車。長幾充箱。成王問周公曰。此何物也。周公曰。三苗同一秀。意者天下殆同一也。比期三年。果有越裳氏重九譯而至。獻白雉於周公。道路悠遠。山川幽深。恐使人之未達也。故重譯而來。周公曰。吾何以見賜也。譯曰。吾受命國之黃髮曰。久矣。天之不迅風

疾雨也。海不波溢也。三年於茲矣。意者中國殆有
聖人。盍往朝之。於是來也。周公乃敬求其所以來。
詩曰。於萬斯年。不遐有佐。
登高而臨深。遠見之樂。臺榭不若丘山所見高也。平
原廣望。博觀之樂。沼池不如川澤所見博也。勞心
苦思。從欲極好。靡財傷情。毀名損壽。悲夫傷哉。窮
君之反於是道而愁百姓。詩曰。上帝板板。下民卒
癉。
儒者儒也。儒之為言無也。不易之術也。千舉萬變。其
道不窮。六經是也。若夫君臣之義。父子之親。夫婦

之別。朋友之序。此儒者之所謹守。日切磋而不舍
也。雖居窮巷陋室之下。而內不足以充虛外不足
以蓋形。無置錐之地。明察足以持天下。大舉在人
上。則王公之材也。小用使在位。則社稷之臣也。雖
巖居穴處。而王侯不能與爭名。何也。仁義之化存
爾。如使王者聽其言信其行。則唐虞之法可得而
觀。頌聲可得而聽。詩曰。先民有言。詢于芻蕘。取謀
之博也。
傳曰。天子居廣廈之下。帷帳之內。旃茵之上。被躧舃
視不出閫。莽然而知天下者。以其賢左右也。故獨

切一作[illegible]

畧一作較

視不若與衆視之明也獨聽不若與衆聽之聰也獨慮不若與衆慮之切也故明主使賢臣輻輳並進所以通中正而致隱居之士詩曰先民有言詢于芻蕘此之謂也

天設其高而日月成明地設其厚而山陵成名上設其道而百事得序自周室壞以來王道廢而不起禮義絶而不繼秦之時非禮義棄書詩略古昔大滅聖道專為苟妄以貪利為俗以告獵為化而天下大亂於是兵作而大起暴露居外而民以侵漁遏奪相攘為服習離聖王光烈之日久遠未嘗見

仁義之道被禮樂之風是以嚚頑無禮而肅敬日
損淩遲以威武相攝妄為佞人不避患禍此其所
以難治也人有六情目欲視好色耳欲聽宮商鼻
欲嗅芬香口欲嗜甘旨其身體四肢欲安而不作
衣欲被文繡而輕煖此六者民之六情也失之則
亂從之則穆故聖王之教其民必因其情而節
之以禮必從其欲而制之以義義簡而備禮易而
法去情不遠故民之從命也速孔子知道之易行
曰詩云誘民孔易非虛辭也
繭之性為絲弗得女工燔以沸湯抽其統理不成為

繇卵之性爲雛，不得良雞覆伏孚育，積日累久，
不成爲雛。夫人性善，非得明王聖主扶攜，內之以
道，則不成君子。詩曰：天生蒸民，其命匪諶，靡不有
初，鮮克有終。言惟明王聖主然後使之然也。
智如泉源，行可以爲表儀者，人師也。智可以砥行，可
以爲輔弼者，人友也。據法守職，而不敢爲非者，人
吏也。當前決意，一呼再諾者，人隸也。故上主以師
爲佐，中主以友爲佐，下主以吏爲佐，危亡之主以
隸爲佐。語曰：淵廣者其魚大，主明者其臣忠。眼觀
而志合，必由其中，故同明相見，同音相聞，同志相

從非賢者莫能用賢故輔弼左右所任使者有存
亡之機得失之要也可無慎乎詩曰不明爾德時
無背無側爾德不明以無陪無卿
昔者禹以夏王桀以夏亡湯以殷王紂以殷亡故無
常安之國宜治之民得賢則昌不肖則亡自古及
今未有不然者也夫明鏡者所以照形也往古者
所以知今也夫知惡往古之所以危亡而不襲蹈
其所以安存者則無以異乎卻行而求逮於前人
鄙語曰不知為吏視已成事或曰前車覆而後車
不誡是以後車覆也故夏之所以亡者而殷為之

殷之所以亡者。而周為之。故殷可以鑒於夏。而周可以鑑於殷。詩曰。殷鑑不遠。在夏后之世。

傳曰。驕溢之君寡忠。口惠之人鮮信。故盈把之木無合拱之枝。滎澤之水。無吞舟之魚。根淺則枝葉短。本絶則枝葉枯。詩曰。枝葉未有害。本實先撥。禍福自已出也。

水淵深廣則龍魚生之。山林茂盛則禽獸歸之。禮義脩明則君子懷之。故禮及身而行脩。禮及國而政明。能以禮扶身。則貴名自揚。天下順焉。令行禁止。而士者之事畢矣。詩曰。有覺德行。四國順之。夫此之謂也。
孔子曰。夫談說之術。齊莊以立之。端誠以處之。堅強
以待之。辟稱以喩之。分以明之。歡忻芬芳以送之。
寶之珍之。貴之神之。如是則說恒無不行矣。夫是
之謂能貴其所貴。若夫無類之說。不形之行。不贊
之辭。君子愼之。詩曰。無易由言。無曰苟矣。
夫百姓內不乏食。外不患寒。則可教御以禮義矣。詩
曰。蒸畀祖妣。以洽百禮。百禮洽則百意遂。百意遂
則陰陽調。陰陽調則寒暑均。寒暑均則三光清。三
光清則風雨時。風雨時則群生寧。如是而天道得。

十

夫是以不出戶而知天下，不窺牖而見天道。詩曰：
惟此聖人，瞻言百里。於鑠王師，遵養時晦。言相養
之至于晦也。

天有四時，春夏秋冬，風雨霜露，無非敎也。清明在躬，
氣志如神，嗜欲將至，有開必先。天降時雨，山川出
雲。詩曰：嵩高維嶽，峻極于天。維嶽降神，生甫及申。
維申及甫，維周之翰。四國于蕃，四方于宣。此文武
之德也。三代之王也，必先其令名。詩曰：明明天子，
令聞不已。矣其文德，洽此四國。此大王之德也。

藍有青，而絲假之，青於藍；地有黄，而絲假之，黄於地。

藍青地黃猶可假也仁義之事不可假乎哉東海之魚名曰鰈比目而行不相得不能達北方有獸名曰婁更食而更視不相得不能飽南方有鳥名曰鶼比翼而飛不相得不能舉西方有獸名曰蟨前足鼠後足兎得甘草必銜以遺蛩蛩距虛其性非能蛩蛩距虛將為假之故也夫鳥獸魚猶相假而況萬乘之主而獨不知假此天下英雄俊士與之為伍則豈不病哉故曰以明扶明則昇于天以明扶闇則歸其人兩瞽相扶不傷牆木不陷井穽則其幸也詩曰惟彼不順徃以中垢闇行也

福生於無爲而患生於多欲知足然後富從之德宜
君人然後貴從之故貴爵而賤德者雖爲天子不
尊矣貪物而不知止者雖有天下不富矣夫土地
之生不益山澤之出有盡懷不富之心而求不益
之物挾百倍之欲而求有盡之財是桀紂之所以
失其位也詩曰大風有隧貪人敗類

哀公問於子夏曰必學然後可以安國保民乎子夏
曰不學而能安國保民者未之有也哀公曰然則
五帝有師乎子夏曰臣聞黃帝學乎大墳顓頊學
乎祿圖帝嚳學乎赤松子堯學乎務成子附舜學

乎尹壽禹學乎西王國湯學乎貸子相文王學乎錫疇子斯武王學乎太公周公學乎虢叔仲尼學乎老聃此十二聖人未遭此師則功業不能著乎天下名號不能傳乎後世者也詩曰不愆不忘率由舊章

德也者包天地之大配日月之明立乎四時之調覽乎陰陽之交寒暑不能動四時不能化也斂乎太陰而不濕散乎太陽而不枯鮮潔清明而備嚴威毅疾而神競清而妙乎天地之間者德也微聖人其孰能與於此矣詩曰德輶如毛民鮮克舉之

如歲之旱草不潰茂然天淳然興雲沛然下雨則萬物無不興起之者民非無仁義根於心者也王政怵迫使不得見憂鬱而不得出聖主在彼躧寫視不出閤而天下隨唱而天下和何如在此有以應哉詩曰如彼歲旱草不潰茂

道者何也曰君之所道也君者何也曰群也為天下萬物而除其害者謂之君王者何也曰往也天下往之謂之王曰善養生者故人尊之善辯治人者故人安之善設顯人者故人親之善粉飾人者故人樂之四統者具天下往之四統無一而天下去

之往之謂之王去之謂之亡故曰道存則國存道亡則國亡夫省工商衆農人謹盜賊除姦邪是所以生養之也天子三公諸侯一相大夫擅官士保職莫不治理是所以辨治之也決德而定次量能而授官賢以之為三公以之為諸侯次則為大夫是以粉飾之也故自天子至於庶人莫不稱其能得其意安樂其事是所同也若夫重色而成文累味而備珍則聖人所以分賢愚明貴賤故道得則澤流群生而福歸王公澤流群生則下安而和福歸王公則上尊而榮百姓皆懷安和之心而樂戴其

上。夫是之謂下治而上通。下治而上通，頌聲所
以興也。詩曰：「降福簡簡，威儀反反。既醉既飽，福祿
來反。」

聖人養一性而御大氣，持一命而節滋味，奄治天下，
不遺其小，存其精神，以補其中，謂之志。詩曰：「不競
不絿，不剛不柔。」言得中也。

朝廷之士為祿，故入而不出。山林之士為名，故往而
不返。入而亦能出，往而亦能返，通移有常，聖也。詩
曰：「不競不絿，不剛不柔。」言得中也。

孔子侍坐於季孫，季孫之宰通曰：「君使人假馬，其與

之乎孔子曰吾聞君取於臣謂之取不曰假季孫
悟告宰通曰今以往君有取謂之取無曰假孔子
曰正假馬之言而君臣之義定矣論語曰必也正
名乎詩曰君子無易由言名正也

韓詩外傳卷第六

漢　燕人韓　嬰著
皇和　南越烏宗成校

比干諫而死。箕子曰、知不用而言愚也。殺身以彰君之惡不忠也。二者不可然且為之不祥莫大焉。遂被髮佯狂而去。君子聞之曰、勞矣箕子。盡其精神竭其忠愛。見比干之事免其身仁知之至。詩曰、人亦有言靡哲不愚。

齊桓公見小臣。三往不得見。左右曰、夫小臣國之賤臣也。君三往而不得見其可已矣。桓公曰、惡是何

言也吾聞之布衣之士不欲富貴不輕身於萬乘
之君萬乘之君不好仁義不輕身於布衣之士縱
夫子不欲富貴可也吾不好仁義不可也五往而
得見也天下諸侯聞之謂桓公猶下布衣之士而
況國君乎於是相率而朝靡有不至桓公之所以
九合諸侯一匡天下者此也詩曰有覺德行四國
順之

賞勉罰偷則民不怠兼聽齊明則天下歸之然後明
其分職考其事業較其官能莫不理法則公道達
而私門塞公義立而私事息如是則持厚者進而

佞諂者止。貪戾者退。而廉節者起。周制曰。先時者死無赦。不及時者死無赦。人習事而因人之事。使如耳目鼻口之不可相錯也。故曰。職分而民不慢。次定而序不亂。兼聽齊明而百事不留。如是則群下百吏。莫不脩己。然後敢安仕。成能然後敢受職。小人易心。百姓易俗。奸宄之屬。莫不反慤。夫是之為政教之極。則不可加矣。詩曰。訏謨定命。遠猶辰告。敬慎威儀。惟民之則。

子路治蒲三年。孔子過之。入境而善之。曰。由恭敬以信矣。入邑曰。善哉由。忠信以寬矣。至庭曰。善哉由。

明察以斷矣。子貢執轡而問曰。夫子未見由而三稱善。可得聞乎。孔子曰。入其境田疇草萊甚辟。此恭敬以信故民盡力。入其邑墉屋甚尊。樹木甚茂。此忠信以寬故民不偷。入其庭甚閑。此明察以斷故民不擾也。詩曰。夙興夜寐灑掃庭內。

古者有命。民之有能敬長憐孤取捨好讓居事力者。告於其君。然後君命得乘飾車駢馬。未得命者不得乘飾車駢馬。皆有罰。故民雖有餘財侈物而無禮義功德則無所用。故皆興仁義而賤財利。賤財利則不爭。不爭則強不陵弱。衆不暴寡。是君之所

人象典刑而民莫犯法民莫犯法而亂斯止矣詩
曰質爾人民謹爾侯度用戒不虞
天下之辯有三至五勝而辭置下辯者別殊類使不
相害序異端使不相悖輸公通意揚其所謂使人
預知焉不務相迷也是以辯者不失所守不勝者
得其所求故辯可觀也夫繁文以相假飾辭以相
悖數譬以相移外人之身使不得反其意則論便
然後害生也夫不疏其指而弗知謂之隱外意外
身謂之諱幾廉倚跌謂之移指緣謬辭謂之苟四
者所不為也故理可同睹也夫隱諱移苟爭言競

為而後息不能無害其為君子也故君子不為也
論語曰君子於其言無所苟而已矣詩曰無易由
言無曰苟矣

吾語予夫服人之心高上尊貴不以驕人聰明聖知
不以幽人勇猛強武不以侵人齊給便捷不以欺
誣人不能則學不知則問雖知必讓然後為遇
君則脩臣下之義出鄉則脩長幼之義遇長老則
脩弟子之義遇等夷則脩朋友之義遇少而賤者
則脩告道寬裕之義故無不愛也無不敬也無與
人争也曠然而天地苞萬物也如是則老者安之

一本理作秉口作言行

一本廣作礭

以者懷之。朋友信之。詩曰。惠于朋友。庶民小子。子孫繩繩。萬民靡不承。

仁者必敬其人。敬其人有道。遇賢者則愛親而敬之。遇不肖者則畏諫而敬之。其敬一也。其情二也。若夫忠信端愨而不害傷則無接而不然。是仁之質也。仁以爲質。義以爲理。開口無不可以爲人法式者。詩曰。不僭不賊。鮮不爲則。

子曰。不學而好思。雖知不廣矣。學而慢其身。雖學不尊矣。不以誠立。雖立不久矣。誠未著而好言。雖言不信矣。美材也而不聞君子之道。隱小物以害大

拗者災必及身矣詩曰其何能淑載胥及溺
民勞思佚治暴思仁刑危思安國亂思天詩曰靡有
旅力以念穹蒼
問者曰古之謂知道者曰先生何也猶言先醒也不
聞道術之人則冥於得失不知亂之所由眊眊乎
其猶醉也故世主有先生者有後生者有不生者
昔者楚莊王謀事而居有憂色申公巫臣問曰王
何為有憂也莊王曰吾聞諸侯之德能自取師者
王能自取友者霸而與居不若其身者亡以寡人
之不肖也諸大夫之論莫有及於寡人是以憂也

莊王之德宜君人威服諸侯日猶恐懼思索賢佐此其先生者也昔者宋昭公出亡謂其御曰吾知其所以亡矣御者曰何哉昭公曰吾被服而立侍御者數十人無不曰吾君麗者也吾發言動事朝臣數百人無不曰吾君聖者也吾外內不見吾過失是以亡也於是改操易行安義行道不出一年而美聞於宋宋人迎而復之謚為昭此其後生者也昔郭君出郭謂其御者曰吾渴欲飲御者進清酒曰吾饑欲食御者進乾脯粱糗曰何備也御者曰臣儲之曰奚儲之御者曰為君之出亡而道饑

渴也。曰兮知吾且亡乎。御者曰然。曰何不以諫也。御者曰。君喜道諛而惡至言。臣欲進諫恐先郭亡。是以不諫也。郭君作色而怒曰。吾所以亡者誠何哉。御轉其辭曰。君之所以亡者太賢。曰夫賢者所以不為存而亡者何也。御曰天下無賢而獨賢是以亡也。伏軾而嘆曰。嗟乎夫賢人者如此乎。於是身倦力解。枕御膝而臥。御自易以備。疏行而去。身死中野。為虎狼所食。此其不生者也。故先生者當年霸楚莊王是也。後生者三年而復。宋昭公是也。不生者死中野。為虎狼所食。郭君是也。有先生者後生者。有不生者。詩曰。聽言則對。誦言如醉。

田常弑簡公。乃盟于國人曰。不盟者死及家。石他曰。

古之事君者。死其君之事。舍君以全親。非忠也。捨

親以死君之事。非孝也。他則不能。然不盟是殺吾

親也。從人而盟。是背吾君也。嗚呼生亂世。不得正

行。劫乎暴人。不得全義。悲夫。乃進盟以免父母。退

伏劍以死。其君聞之者。曰。君子哉。安之命矣。詩曰。

人亦有言。進退惟谷。石先生之謂也。

易曰。困于石。據于蒺藜。入于其宮。不見其妻。凶。此言

困而不見據賢人者也。昔者秦繆公困於殽。疾據

五羖大夫蹇叔公孫支而小霸晉文困於驪氏疾
據咎犯趙衰介子推而遂為君越主句賤困於會
稽疾據范蠡大夫種而霸南國齊桓公困於長勺
疾據管仲甯戚隰朋而匡天下此皆困而知疾據
賢人者也夫困而不知疾據賢人而不亡者未嘗
有之也詩曰人之云亡邦國殄瘁無善人之謂也
孟子說齊宣王而不說淳于髡侍孟子曰今日說公
之君公之君不說意者其未知善之為善乎淳于
髡曰夫子亦誠無善耳昔者瓠巴鼓瑟而潛魚出
聽伯牙鼓琴而六馬仰秣魚馬猶知善之為善而

况君人者也。孟子曰。夫電雷之起也。破竹折木。震驚天下。而不能使聾者卒有聞。日月之明。徧照天下。而不能使盲者卒有見。今公之君若此也。淳于髡曰。不然。昔者揖封生高商。齊人好歌。杞梁之妻悲哭。而人稱詠。夫聲無細而不聞。行無隱而不形。夫子苟賢。居魯而魯國之削。何也。孟子曰。不用賢。削何有也。吞舟之魚。不居潛澤。度量之士。不居汚世。夫藝。冬至必凋。吾亦時矣。詩曰。不自我先。不自我後。非遭凋世者歟。

孔子曰。可與言終日而不倦者。其惟學乎。其身體不

足觀也。勇力不足憚也。族姓不足稱也。宗祖不足
道也。而可以聞於四方。而昭於諸侯者。其惟學乎。
詩曰。不愆不忘。率由舊章。夫學之謂也。
子曰。不知命無以為君子。言天之所生皆有仁義禮
智順善之心。不知天之所以命生則無仁義禮智
順善之心。無仁義禮智順善之心。謂之小人。故曰。
不知命無以為君子。小雅曰。天保定爾。亦孔之固。
言天之所以仁義禮智保定人之甚固也。大雅曰。
天生蒸民。有物有則。民之秉彝。好是懿德。言民之
秉德以則天也。不知所以則天。又焉得為君子乎。

王者必立牧方二人，使闚遠牧衆也。遠方之民，有饑寒而不得衣食，有獄訟而不平其寃，失賢而不舉者，入告乎天子。天子於其君之朝也，揖而進之曰：「噫！朕之政教有不得爾者邪？何如乃有饑寒而不得衣食，有獄訟而不平其寃，失賢而不舉？」然後其君退而與其卿大夫謀之。遠方之民聞之，皆曰：「誠天子也。夫我居之僻，見我之近也；我居之幽，見我之明也。可欺乎哉！」故牧者所以開四目，通四聰也。詩曰：「邦國若否，仲山甫明之。」此之謂也。

楚莊王伐鄭，鄭伯肉袒，左把茅旌，右執鸞刀，以進言

本乎作之

於莊王曰寡人無良邊陲之臣以干天禍使大國
之君沛焉遠辱至此莊王曰君子不令臣交易為
言是以使寡人得見君之玉面也而微至乎此莊
王受節左右麾楚軍退舍七里將軍子重進諫曰
夫南郢之與鄭相去數千里大夫死者數人廝役
者數百人今克而弗有無乃失民臣之力乎莊王
曰吾聞古者杅不穿皮不蠹不出於四方以是君
子之重禮而賤財也要其人不要其土人告以從
而不舍不祥也吾以不祥立乎天下災及吾身何
取之有既晉之救鄭者至曰請戰莊王許之將軍

子重進諫曰晉強國也道近兵銳楚師奄罷君其勿許莊王曰不可強者我避之弱者我威之是寡人無以立乎天下也乃遂還師以逆晉寇莊王援枹而鼓之晉師大敗士卒奔者爭舟而指可掬也莊王曰嘻吾兩君不相好百姓何罪乃退楚師以佚晉寇詩曰柔亦不茹剛亦不吐

君子崇人之德揚人之美非道諛也正言直行指人之過非毀疵也詘柔順從剛強猛毅與物周流道德不外詩曰柔亦不茹剛亦不吐不侮矜寡不畏強禦

九

衛靈公晝寢而起志氣益衰使人馳召勇士公孫悁
道遭行人卜商卜商曰何驅之疾也對曰公晝寢
而起使我名勇士公孫悁子夏曰微悁而勇若悁
者可乎御者曰可子夏曰載我而反至君曰使子
名勇士何為名儒使者曰行人曰微悁而勇若悁
者可乎臣曰可即載與來君曰諾延先生上趣名
公孫悁至入門杖劍疾呼曰商下我存若頭子夏
顧咄之曰咄內劍吾將與若言勇於是君令內劍
而上子夏曰來吾嘗與子從君而西見趙簡子簡
子披髮杖矛而見我曰我從十三行之後趨而進

曰諸侯相見不宜不朝服不朝服行人卜商將以頸血濺君之服矣使反朝服而見吾君子耶我耶悁曰子也子夏曰子之勇不若我一矣又與子從君而東至阿遭齊君重茵而坐吾君單茵而坐我從十三行之後趨而進曰禮諸侯相見不宜相臨以庶揄其一茵而去之者子耶我耶悁曰子也子夏曰子之勇不若我二矣又與子從君於囿中於是兩寇肩逐我君拔矛下格而還子耶我耶悁曰子也子夏曰子之勇不若我三矣所貴爲士者上攝萬乘下不敢敖乎匹夫外立節矜而敵不侵擾

內禁殘害而君不危殆是士之所長君子之所致
貴也若夫以長掩短以衆暴寡淩轢無罪之民而
成威於閭巷之間者是士之甚毒而君子之所致
惡也衆之所誅鋤也詩曰人而無儀不死何為人
何以論勇於人主之前哉於是靈公避席抑手曰
寡人雖不敏請從先生之勇詩曰不侮矜寡不畏
強禦卞先生也
孔子行簡子將殺陽虎孔子似之帶甲以圍孔子舍
子路慍怒奮戟將下孔子止之曰由何仁義之寡
裕也夫詩書之不習禮樂之不講是丘之罪也若

一本兼包作能改

吾非陽虎而以我為陽虎則非丘之罪也命也我歌子和若子路歌孔子和之三終而圍罷詩曰來游來歌以陳盛德之和而無為也

詩曰愷悌君子民之父母君子為民父母何如曰君子者貌恭而行肆身儉而施博故不肖者不能逮也殖盡於己而區略於人故可盡身而事也篤愛而不奪厚施而不伐見人有善欣然樂之見人不善惕然掩之有其過而兼包之授衣以最授食以多法下易由事寡易為是以中立而為人父母也築城而居之別田而養之立學以教之使人知親

尊親尊故父服斬縗三年為君亦服斬縗三年為
民父母之謂也
事強暴之國難使強暴之國事我易事之以貨寶則
寶單而交不結約契盟誓則約定而反無日割國
之強來以賂之則割定而欲無厭事之彌順其侵
之愈甚必致寶單國舉而後已雖左堯右舜未有
能以此道免者也故非有聖人之道持以巧敏拜
請畏事之則不足以持國安身矣故明君不道也
必脩禮以齊朝正法以齊官平政以齊下然後禮
義節奏齊乎朝法則度量正乎官忠信愛利平乎

下行一不義殺一無罪而得天下不為也故近者
競親而遠者願至上下一心三軍同力名聲足以
薰炙之威強足以一齊之則拱揖指麾而強暴之
國莫不趨使如赤子歸慈母者何也仁形義立教
誠愛深故詩曰王猷允塞徐方既來
勇士一呼而三軍皆避士之誠也昔者楚熊渠子夜
行寢石以為伏虎彎弓而射之沒金飲羽下視知
其為石石為之開而況人乎夫倡而不和動而不
僨中心有不全者矣夫不降席而匡天下者求之
己也孔子曰其身正不令而行其身不正雖令不

從先王之所以拱揖指麾而四海來賓者誠德之至也色以形于外也詩曰王猷允塞徐方既來

昔者趙簡子薨而未葬而中牟畔之葬五日襄子興師而次之圍未帀而城自壞者十丈襄子擊金而退之軍吏諫曰君誅中牟之罪而城自壞者是天助之也君曷為而退之襄子曰吾聞之於叔向曰君子不乘人於利不厄人於險使其城然後攻之中牟聞其義而請降曰善哉襄子之謂也詩曰王猷允塞徐方既來

威有三術有道德之威者有暴察之威者有狂妄之

威者此三威不可不審察也何謂道德之威曰禮樂則修分義則明舉措則時愛利則刑如是則百姓貴之如帝主親之如父母畏之如神明故賞不用而民勸罰不加而威行是道德之威也何謂暴察之威曰禮樂則不脩分義則不明舉措則不時愛利則不刑然而其禁非也暴其誅不服也繁審其刑罰而信其誅殺猛而必闇如雷擊之如墻壓之百姓劫則致畏怠則傲上執拘則聚遠聞則散非劫之以刑勢振之以誅殺則無以有其下是暴察之威也何謂狂妄之威曰無愛人之心無利人

之事。而曰爲亂人之道。百姓讙譁則從而救執於刑灼。不和人心悖逆天理。是以水旱爲之不時年穀以之不升。百姓上困於暴亂之患。而下窮衣食之用。愁哀而無所告訴。比周憤潰以離上。傾覆滅亡可立而待。是狂妄之威也。夫道德之威成乎衆強。暴察之威成乎危弱。狂妄之威成乎滅亡。故威名同。而吉凶之効遠矣。故不可不審察也。詩曰昊天疾威。天篤降喪。瘨我饑饉。民卒流亡。

晉平公游於河而樂。曰安得賢士與之樂此也。船人盍胥跪而對曰。主君亦不好士耳。夫珠出於江海玉出於崑山無足而至者由主君之好也士有足而不至者蓋主君無好士之意耳無患乎無士也平公曰吾食客門左千人門右千人朝食不足夕收市賦暮食不足朝收市賦吾可謂不好士乎盍晉對曰夫鴻鵠一舉千里所恃者六翮爾背上之毛腹下之毳益一把飛不為加高損一把飛不為加下今君之食客門左門右各千人亦有六翮在其中矣將皆背上之毛腹下之毳耶詩曰謀夫孔多是用不集

卷六　十四

韓詩外傳

七之八

韓詩外傳卷第七

漢　燕人韓　嬰著
皇和　南越鳥宗成校

齊宣王謂田過曰吾聞儒者親喪三年君與父孰重過對曰殆不如父重王忿然曰曷為士去親而事君對曰非君之土地無以處吾親非君之祿無以養吾親非君之爵無以尊顯吾親受之於君致之於親凡事君以為親也宣王悒然無以應之詩曰

王事靡盬不遑將父

趙主使人於楚鼓瑟而遣之曰慎無失吾言使者受

命伏而不起曰太王鼓琴未嘗若今日之悲也王曰調使者曰調則可記其柱王曰不可天有燥濕絃有緩急柱有推移不可記也使者曰請借此以喩楚之去趙也千有餘里亦有吉凶之變凶則弔之吉則賀之猶柱之有推移不可記也故王之使人必慎其所之而不任以辭詩曰征夫捷捷每懷靡及蓋傷自上而御下也

齊有隱士東郭先生梁石君當曹相國為齊相也客謂遺生曰夫東郭先生梁石君世之賢也隱於深山終不詘身下志以求仕者也吾聞先生得謁曹

相國顧先生為之先臣里母相善婦見疑盜肉其姑去之恨而告于里母里母曰安行今令姑呼汝即束緼請火去婦之家曰吾犬爭肉相殺請火治之姑乃直使人追去婦還之故里母非談說之士束緼請火非還婦之道也然物有所感事有可適何不為之先匱生曰愚恐不及然請盡力為東郭先生梁右君束緼請火於是乃見曹相國曰臣之里有夫死三日而嫁者有終身不嫁者則自為娶將何娶焉相國曰吾亦娶其終身不嫁者耳匱生曰齊有隱士東郭先生梁右君世之賢士也隱於

二

深山終不詘身下志以求仕相國娶婦欲娶其不嫁者取臣獨不取其不仕之臣耶於是曹相國因匱生束帛安車迎東郭先生梁石君厚客之詩曰既見君子我心則降

孔子曰昔者周公事文王行無專制事無由己身若不勝衣言若不出口有奉持於前洞洞焉若將失之可謂子矣武王崩成王幼周公承文武之業履天子之位聽天子之政征夷狄之亂誅管蔡之罪抱成王而朝諸侯誅賞制斷無所顧問威動天地振恐海內可謂能武矣成王壯周公致政北面而

事之請然後行無伐矜之色可謂臣矣故一人之身能三變者所以應時也詩曰左之左之君子宜之右之右之君子有之

傳曰鳥之美羽勾喙者鳥畏之魚之侈口垂腴者魚畏之人之利口贍辭者人畏之是以君子避三端避文士之筆端避武士之鋒端避辯士之舌端詩曰我友敬矣讒言其興

孔子困於陳蔡之間即三經之席七日不食藜羹不糝弟子有饑色讀書習禮樂不休子路進諫曰為善者天報之以福為不善者天報之以賊今夫子

積德累仁為善久矣意者當遺行乎奚居之隱也
孔子曰由來汝小人也未講於論也居吾語汝子
以知者為無罪乎則王子比干何為剖心而死子
以義者為聽乎則伍子胥何為抉目而懸吳東門
子以廉者為用乎則伯夷叔齊何為餓於首陽之
山子以忠者為用乎則鮑叔何為而不用葉公子
髙終身不仕鮑焦抱木而泣子推登山而燔故君
子博學深謀不遇時者衆矣豈獨丘哉賢不肖者
材也遇不遇者時也今無有時賢安所用哉故虞
舜耕於歷山之陽立為天子其遇堯也傅說負土

丘之下當有脫字

而版築以為大夫其遇武丁也伊尹故有莘氏僮
也負鼎操俎調五味而立為相其遇湯也呂望行
年五十賣食棘津年七十屠於朝歌九十乃為天
子師則遇文王也管夷吾束縛自檻車以為仲父
則遇齊桓公也百里奚自賣五羊之皮為秦伯牧
牛舉為大夫則遇秦繆公也虞丘於天下以為令
尹讓於孫叔敖則遇楚莊王也伍子胥前功多後
戮死非知有盛衰也前遇闔閭後遇夫差也夫驥
罷鹽車此非無形容也莫知之也使驥不得伯樂
安得千里之足造父亦無千里之手矣夫蘭茝生

於茂林之中深山之間人莫見之故不芬夫學者
非為通也為窮而不憂困而志不衰先知禍福之
始而心無惑焉故聖人隱居深念獨聞獨見夫舜
亦賢聖矣南面而治天下惟其遇堯也使舜居桀
紂之世能自免於刑戮之中則為善矣亦何位之
有桀殺關龍逢紂殺王子比干當此之時豈關龍
逢無知而王子比干不慧乎哉此皆不遇時也故
君子務學脩身端行而須其時者也子無惑焉詩
曰鶴鳴于九皐聲聞于天
曾子曰往而不可還者親也至而不可加者年也是

故孝子欲養而親不待也木欲直而時不待也是故推牛而祭墓不如雞豚逮親存也故吾嘗仕齊為吏祿不過鍾釜尚猶欣欣而喜者非以為多也樂其逮親也既沒之後吾嘗南遊於楚得尊官焉堂高九仞榱題二圍轉轂百乘猶北鄉而泣涕者非為賤也悲不逮吾親也故家貧親老不擇官而仕若夫信其志約其親者非孝也詩曰有母之尸雍

趙簡子有臣曰周舍立於門下三日三夜簡子使問之曰子欲見寡人何事周舍對曰願為諤諤之臣

墨筆操牘從君之過而日有記也月有成也歲有
効也簡子居則與之居出則與之出居無幾何而
周舍死簡子如喪子後與諸大夫飲於洪波之臺
酒酣簡子涕泣諸大夫皆出走曰臣有罪而不自
知簡子曰大夫皆無罪昔者吾有周舍有言曰千
羊之皮不若一狐之腋衆人諾諾不若一士之諤
諤昔者商紂默默而亡武王諤諤而昌今自周舍
之死吾未嘗聞吾過也吾亡無日矣是以寡人泣
也

傳曰齊景公問晏子為人何患晏子對曰患夫社鼠

景公曰何謂社鼠晏子曰社鼠出竊於外入託於社灌之恐壞墻燻之恐燒木此鼠之患今君之左右出則賣君以要利入則託君不罪乎亂法君又并覆而育之此社鼠之患也景公曰嗚呼豈其然人有市酒而甚美者置表甚長然至酒酸而不售問里人其故里人曰公之狗甚猛而人有持器而欲往者狗輙迎而齧之是以酒酸不售也士欲白萬乘之主用事者迎而齧之亦國之惡狗也左右者為社鼠用事者為惡狗此國之大患也詩曰瞻彼中林侯薪侯蒸言朝廷皆小人也

昔者司城子罕相宋謂宋君曰夫國家之安危百姓
之治亂在君之行夫爵祿賞賜舉人之所好也君
自行之殺戮刑罰民之所惡也臣請當之君曰善
寡人當其美子受其惡寡人自知不為諸侯笑矣
國人知殺戮之刑專在子罕也大臣親之百姓畏
之居不期年子罕遂去宋君而專其政故老子曰
魚不可脫於淵國之利器不可以示人詩曰胡為
我作不即我謀
衛懿公之時有臣曰弘演者受命而使未反而狄人
攻衛於是懿公欲興師迎之其民皆曰君之所貴

而有祿位者鶴也所愛者宮人也亦使鶴與宮人戰余安能戰遂潰而皆去狄人至攻懿公於熒澤殺之盡食其肉獨舍其肝弘演至報使於肝辭畢呼天而號哀止曰若臣者獨死可耳於是遂自刳出腹實內懿公之肝乃死桓公聞之曰衛之亡也以無道也今有臣若此不可不存於是復立衛於楚丘如弘演可謂忠士矣殺身以捷其君非徒捷其君又令衛之宗廟復立祭祀不絕可謂有大功矣詩曰四方有羨我獨居憂民莫不穀我獨不敢休

孫叔敖遇狐丘丈人。狐丘丈人曰。僕聞之。有三利必有三患。子知之乎。孫叔敖蹴然易容曰。小子不敏何足以知之。敢問何謂三利。何謂三患。狐丘丈人曰。夫爵高者人妬之。官大者主惡之。祿厚者怨歸之。此之謂也。孫叔敖曰。不然。吾爵益高。吾志益下吾官益大。吾心益小。吾祿益厚。吾施益博。可以免於患乎。狐丘丈人曰。善哉言乎。堯舜其猶病諸。詩曰。溫溫恭人。如集于木。惴惴小心。如臨于谷。

孔子曰。明王有三懼。一曰。處尊位而恐不聞其過。二曰。得志而恐驕。三曰。聞天下之至道而恐不能行

昔者越王勾踐與吳戰大敗之兼有南夷當是之
時君南面而立近臣三遠臣五令諸大夫曰聞過
而不以告我者為上戮此處尊位而恐不聞其過
也昔者晉文公與楚戰大勝之燒其草火三日不
息文公退而有憂色侍者曰君大勝楚而有憂色
何也文公曰吾聞能以戰勝安者惟聖人若夫詐
勝之徒未嘗不危吾是以憂也此得志而恐驕也
昔者齊桓公得管仲隰朋南面而立桓公曰吾得
二子也吾目加明吾耳加聰不敢獨擅進之先祖
此聞王道而恐不能行者也由桓公晉文越王勾

踐觀之三懼者明君之務也詩曰温温恭人如集
于木惴惴小心如臨于谷戰戰兢兢如臨深淵如
履薄氷此言大王居人上也
楚莊王賜其群臣酒日暮酒酣左右皆醉殿上燭滅
有牽王后衣者后援冠纓而絶之言於王曰今燭
滅有牽妾衣者妾援其纓而絶之願趣火視絶纓
者王曰止立出令曰與寡人飲不絶纓者不為樂
也於是冠纓無完者不知王后所絶冠纓者誰於
是王遂與群臣歡飲乃罷後吳興師攻楚有人常
為應行五合戰五陷陳却敵遂取大軍之首而獻

之王怪而問之曰寡人未嘗有異於子子何為於
寡人厚也對曰臣先殿上絕纓者也當時宜以肝
膽塗地負日久矣未有所効今幸得用於臣之義
尚可為王破吳而強楚詩曰有漼者淵萑葦淠淠
言大者無不容也

傳曰伯奇孝而棄於親隱公慈而殺於弟叔武賢而
殺於兄比干忠而誅於君詩曰予慎無辜

紂殺王子比干箕子被髮佯狂陳靈公殺泄冶鄧元
去陳以族從自此之後殷并於周陳亡於楚以其
殺比干泄冶而失箕子鄧元也燕昭王得郭隗鄒

衍樂毅是以魏趙興兵而攻齊棲於莒燕之地計衆不與齊均也然所以信燕至於此者由得士也故無常安之國無宜治之民得賢者昌失賢者亡自古及今未有不然者也明鏡者所以照形也往古者所以知今也知惡古之所以危亡而不務襲蹈其所以安存則未有以異乎却走而求逮前人也太公知之故舉微子之後而封比干之墓夫聖人之於賢者之後尚如是厚也而況當世之存者乎詩曰昊天太憮予慎無辜

宋玉因其友見楚襄王襄王待之無以異乃讓其友

友曰夫薑桂因地而生不因地而辛女因媒而嫁
不因媒而親子之事王未耳何怨於我宋玉曰不
然昔者齊有狡兔盡一日而走五百里使之瞻見
指注雖良狗猶不及狡兔之塵若攝纓而縱紲之
瞻見指注與詩曰將安將樂棄予如遺
宋燕相齊見逐罷歸之舍名門尉陳饒等二十六人
曰諸大夫有能與我赴諸侯者乎陳饒等皆伏而
不對宋燕曰悲乎哉何士大夫易得而難用也饒
曰君弗能用也則有不平之心是失之己而責諸
人也宋燕曰夫失諸己而責諸人者何陳饒曰三

斗之稷不足於士。而君鴈鶩有餘粟。是君之一過也。果園梨粟後宮婦人以相提擲。士曾不得一嘗。是君之二過也。綾紈綺縠靡麗於堂。從風而弊。士曾不得以為緣。是君之三過也。且夫財者君之所輕也。死者士之所重也。君不能行君之所輕。而欲使士致其所重。猶譬鉛刀畜之。而干將用之。不亦難乎。宋燕面有慙色。逡巡避席。曰。是燕之過也。詩曰。或以其酒。不以其漿。

傳曰。善為政者。循情性之宜。順陰陽之序。通本末之理。合天人之際。如是則天氣奉養而生物豐美矣。

不知為政者，使情厭性，使陰乘陽，使末逆本，使人詭天氣，鞠而不信，鬱而不宣，如是則災害生，怪異起，群生皆傷，而年穀不熟，是以其動傷德，其靜亾救，故緩者事之，急者弗知，日反理而欲以為治。詩曰：「廢為殘賊，莫知其尤。」

魏文侯之時，子質仕而獲罪焉，去而北游，謂簡主曰：「從今已後，吾不復樹德於人矣。」簡主曰：「何以也？」質曰：「吾所樹堂上之士半，吾所樹朝廷之大夫半，吾所樹邊境之人亦半。今堂上之士恐我以法，邊境之人刼我以兵，是以不樹德於人也。」簡主曰：「噫！子

之言過矣夫春樹桃李夏得陰其下秋得食其實
春樹蒺藜夏不可採其葉秋得其刺焉由此觀之
在所樹也今子所樹非其人也故君子先擇而後
種也詩曰無將大車惟塵冥冥
正直者順道而行順理而言公平無私不為安肆志
不為危激行昔衛獻公出走反國及郊將班邑於
從者而後入太史柳莊曰如皆守社稷則孰負羈
縶而從如皆從則孰守社稷君反國而有私也無
乃不可乎於是不班也柳莊正矣
昔者衛大夫史魚病且死謂其子曰我數言蘧伯玉

之賢而不能進彌子瑕不肖而不能退為人臣生不能進賢而退不肖死不當治喪正堂殯我於室足矣衛君問其故子以父言聞君瞿然召蘧伯玉而貴之而退彌子瑕從殯於正堂成禮而後去生以身諫死以尸諫可謂直矣詩曰靖共爾位好是正直

孔子閒居子貢侍坐請問為人下之道奈何孔子曰善哉爾之問也為人下其猶土乎子貢未達孔子曰夫土者掘之得甘泉焉樹之得五穀焉草木植焉鳥獸魚鼈遂焉生則立焉死則入焉多功不言

賞世不絕故曰能爲下者其惟土乎子貢曰賜雖
不敏請事斯語詩曰式禮莫愆
傳曰南假子過程本本爲之烹鱺魚南假子曰聞君
子不食鱺魚本子曰此乃君子食也我何與焉假
子曰夫高比所以廣德也下比所以狹行也比於
善者自進之階比於惡者自退之原也且詩不云
乎高山仰止景行行止吾豈自比君子哉志慕之
而已矣
子貢問大臣子曰齊有鮑叔鄭有子皮子貢曰否齊
有管仲鄭有東里子產孔子曰產薦也子貢曰然

則薦賢賢於賢曰知賢智也推賢仁也引賢義也
有此三者又何加爲

孔子遊於景山之上子路子貢顏淵從孔子曰君子
登高必賦小子願者何言其願丘將啓汝子路曰
由願奮長戟盪三軍乳虎在後仇敵在前蠡躍蛟
奮進救兩國之患孔子曰勇士哉子貢曰兩國構
難壯士列陳塵埃漲天賜不持一尺之兵一斗之
糧解兩國之難用賜者存不用賜者亡孔子曰辯
士哉顏回不願孔子曰回何不願顏淵曰二子已
願故不敢願孔子曰不同意各有事焉回其願丘

將啓汝顏淵曰願得小國而相之主以道制臣以
德化君臣同心外內相應列國諸侯莫不從義嚮
風壯者趨而進老者扶而至教行乎百姓德施乎
四蠻莫不釋兵輻輳乎四門天下咸獲永寧蝖飛
蠕動各樂其性進賢使能各任其事於是君綏于
上臣和於下垂拱無為動作中道從容得禮言仁
義者賞言戰鬭者死則由何進而救賜何難之解
孔子曰聖士哉大人出小人匿聖者起賢者伏回
與執政則由賜焉施其能哉詩曰雨雪瀌瀌見晛
曰消

十三

昔者孔子鼓瑟曾子子貢側門而聽曲終曾子曰嗟
乎夫子瑟聲殆有貪狼之志邪僻之行何其不仁
趨利之甚子貢以為然不對而入夫子望見子貢
有諫過之色應難之狀釋瑟而待之子貢以曾子
之言告子曰嗟乎夫參天下賢人也其習知音矣
鄉者丘鼓瑟有鼠出游狸見於屋循梁微行造焉
而避厭目曲脊求而不得丘以瑟浮其音參以丘
為貪狼邪僻不亦宜乎詩曰鼓鐘于宮聲聞于外
夫為人父者必懷慈仁之愛以畜養其子撫循飲食
以全其身及其有識也必嚴居正言以先導之及

其束髮也，援明師以成其技。十九見志，請賓冠之。足以死其意，血脉澄静娉，内以定之。信承親授，無有所疑。冠子不言，髮子不答，聽其微諫，無令憂之。此為人父之道也。詩曰：父兮生我，母兮鞠我，拊我畜我，長我育我，顧我復我，出入腹我。

韓詩外傳卷第八

漢　燕人韓　嬰著
皇和　南越鳥宗成校

越王勾踐使廉稽獻民於荆王荆王使者曰越夷狄之國也臣請欺其使者荆王曰越王賢人也其使者亦賢子其慎之使者出見廉稽曰冠則得以俗見不冠不得見廉稽曰夫越亦周室之列封也不得處於大國而處江海之陂與魭鱣魚鼈為伍文身翦髮而後處為今來至上國必曰冠得俗見不冠不得見如此則上國使適越亦將劓墨文身翦

髮而後得以俗見可乎荆王聞之披衣出謝孔子曰使於四方不辱君命可謂士矣

人之所以好富貴安樂為人所稱譽者為身也惡貧賤危辱為人所謗毀者亦為身也然身何貴也莫貴於氣人得氣則生失氣則死其氣非金帛珠玉也不可求於人也非繒布五穀也不可糴買而得也在吾身耳不可不慎也詩曰既明且哲以保其身

吳人伐楚昭王去國國有屠羊說從行昭王反國賞從者及說說辭曰君失國臣所失者屠君反國臣

亦反其屠。臣之祿既厚，又何賞之。辭不受命。君強之。說曰：君失國，非臣之罪，故不伏誅；君反國，非臣之功，故不受其賞。吳師入郢，臣畏寇避患，君反國，說何事焉。君曰：不受，則見之。說對曰：楚國之法，商人欲見於君者，必有大獻重質，然後得見。今臣智不能存國，節不能死君，勇不能待寇，然見之，非國法也。遂不受命，入于澗中。昭王謂司馬子期曰：有人於此，居處甚約，論議甚高，為我求之，願為兄弟，請為三公。司馬子期舍車徒求之，五日五夜，見之，謂曰：國危不救，非仁也；君命不從，非忠也；惡富貴

於上。甘貧苦於下。意者過也。今君願為兄弟請為
三公不聽。君何也。說曰。三公之位。我知其貴於刀
俎之肆矣。萬鍾之祿。我知其富於屠羊之利矣。今
見爵祿之利。而忘辭受之禮。非所聞也。遂辭三公
之位。而反乎屠羊之肆。君子聞之曰。甚矣哉屠羊
子之為也。約己持窮。而處人之國矣。說曰何謂窮
吾讓之以禮。而終其國也。曰在深淵之中。而不援
彼之危。見昭王德衰於吳。而懷寶絕迹。以病其國
欲獨全己者也。是厚於己而薄於君。猶乎非救世
者也。何如則可謂救世矣。曰若申伯仲山甫可謂

救世矣。昔者周德大衰。道廢於厲。申伯仲山甫輔相宣王。撥亂世。反之正。天下略振。宗廟復興。申伯仲山甫乃並順天下。匡救邪失。喻德教。舉遺士。海内翕然向風。故百姓勃然詠宣王之德。詩曰。周邦咸喜。戎有良翰。又曰。邦國若否。仲山甫明之。既明且哲。以保其身。夙夜匪懈。以事一人。如是可謂救世矣。

齊崔杼弑莊公。荆蒯芮使晉而反。其僕曰。君之無道也。四隣諸侯莫不聞也。以夫子而死之。不亦難乎。荆蒯芮曰。善哉而言也。早言我。能諫。諫而不用。我能去。今既不諫，又不去。吾聞之，食其食，死其事。吾既食亂君之食，又安得治君而死之。遂驅車而入死其事。僕曰：人有亂君，猶必死之。我有治長可無死乎。乃結轡自刎于車上。君子聞之曰：荆蒯芮可謂守節死義矣。僕夫則無為死也，猶飲食而遇毒也。詩曰：夙夜匪懈，以事一人。荆先生之謂也。易曰：不恒其德，或承之羞。僕夫之謂也。

進而直上也。切次之謗諫為下，懦為死。詩曰：柔亦不茹，剛亦不吐。

宋萬與莊公戰，獲乎莊公。莊公敬舍諸宮中，數月然後歸之反為大夫于宋宋萬與閔公博婦人皆在側萬曰甚矣魯侯之淑魯侯之美也天下諸侯宜為君者惟魯侯耳閔公矜此婦人妬其言顧曰爾虜焉知魯侯之美惡乎宋萬怒搏閔公絕脰仇牧聞君弒趨而至遇之于門手劍而叱之萬臂擊仇牧碎其首齒著乎門闔仇牧可謂不畏強禦矣詩曰惟仲山甫柔亦不茹剛亦不吐

可於君不可於父孝子弗為也可於父不可於君君子亦弗為也故君不可奪親亦不可奪詩曰愷悌君子四方為則

黃帝即位施惠承天一道脩德惟仁是行宇内和平
未見鳳凰惟思其象夙寐晨興乃召天老而問之
曰鳳象何如天老對曰夫鳳象鴻前鱗後蛇頸而
魚尾龍文而龜身燕頷而雞喙戴德負仁抱忠挾
義小音金大音鼓延頸奮翼五彩備明舉動八風
氣應時雨食有質飲有儀往即文始來即嘉成惟
鳳為能通天祉應地靈律五音覽九德天下有道
得鳳象之一則鳳過之得鳳象之二則鳳翔之得
鳳象之三則鳳集之得鳳象之四則鳳春秋下之
得鳳象之五則鳳沒身居之黃帝曰於戲允哉朕

何敢與焉於是黄帝乃服黄衣戴黄冕致齋于宮鳳乃蔽日而至黄帝降于東階西面再拜稽首曰皇天降祉不敢不承命鳳乃止帝東園集帝梧桐食帝竹實沒身不去詩曰鳳皇于飛翽翽其羽亦集爰止

魏文侯有子曰擊次曰訢訢少而立以嗣封擊中山三年莫往來其傅趙蒼唐曰父忘子子不可忘父何不遣使乎擊曰願之而未有所使也蒼唐曰臣請使擊曰諾於是乃問君之所好與所嗜曰君好北犬嗜晨鴈遂求北犬晨鴈賫行蒼唐至曰北蕃

中山之君有北犬晨鴈使蒼唐再拜獻之文侯曰擊知吾好北犬嗜晨鴈也則見使者文侯曰擊無恙乎蒼唐唯唯而不對三問而三不對文侯曰不對何也蒼唐曰臣聞諸侯不名君既已賜弊邑使得小國侯君問以名不敢對也文侯曰中山之君無恙乎蒼唐曰今者臣之來拜送於郊文侯曰中山之君長短若何矣蒼唐曰問諸侯比諸侯諸侯之朝則側者皆人臣無所比之然則所賜衣裘幾能勝之矣文侯曰中山之君亦何好乎對曰好詩文侯曰於詩何好曰好黍離與晨風文侯曰黍離

何哉。對曰。彼黍離離。彼稷之苗。行邁靡靡。中心搖搖。知我者。謂我心憂。不知我者。謂我何求。悠悠蒼天。此何人哉。文侯曰。怨乎。曰非敢怨也。時思也。文侯曰。晨風謂何。對曰。鴥彼晨風。鬱彼北林。未見君子。憂心欽欽。如何如何。忘我實多。於是文侯大悅。曰。欲知其子。視其母。欲知其君。視其所使。中山君不賢。惡能得賢。遂廢太子訢。召中山君。以為嗣。詩曰。鳳凰于飛。翽翽其羽。亦集爰止。藹藹王多吉士。惟君子使。媚于天子。君子曰。夫使非直敝車罷馬而已。亦將喻誠信。通氣志。明好惡。然後可使也。

子賤治單父其民附孔子曰告丘之所以治之者對
曰不齊時發倉廩振困窮補不足孔子曰是小人
附耳未也對曰賞有能招賢才退不肖孔子曰是
士附耳未也對曰所父事者三人所兄事者五人
所友者十有二人所師者一人孔子曰所父事者
三人所兄事者五人足以教弟矣所友者十有二
人足以祛壅蔽矣所師者一人足以慮無失策舉
無敗功矣惜乎不齊為之大功乃與堯舜參矣詩
曰愷悌君子民之父母子賤其似之矣
度地圖居以立國崇恩博利以懷衆明好惡以正法

度樂民力祿學校庠序以立教事老養孤以化民
升賢賞功以勸善懲奸絀失以醜惡講御習射以
防患禁奸止邪以除害接賢連友以廣智宗親族
附以益強詩曰愷悌君子

齊景公使人於楚楚王與之上九重之臺顧使者曰
齊有臺若此乎使者曰吾君有治位之坐土階三
等茅茨不翦樸椽不斲者猶以謂為之者勞居之
者泰吾君惡有臺若此者於是楚王蓋悒如也使
者可謂不辱君命其能專對矣

傳曰予小子使爾繼邵公之後受命者必以其祖命

之孔子為魯司寇命之曰宋公之子弗甫有孫魯
孔丘命爾為司寇孔子曰弗甫敦及厥辟將不堪
公曰不妄傳曰諸侯之有德天子錫之一錫車馬
再錫衣服三錫虎賁四錫樂器五錫納陛六錫朱
戶七錫弓矢八錫鈇鉞九錫秬鬯詩曰釐爾圭瓚
秬鬯一卣
齊景公謂子貢曰先生何師對曰魯仲尼曰仲尼賢
乎曰聖人也豈直賢哉景公嘻然而笑曰其聖何
如子貢曰不知也景公悖然作色曰始言聖人今
言不知何也子貢曰臣終身戴天不知天之高也

終身踐地不知地之厚也若臣之事仲尼譬猶渇操壺杓就江海而飲之腹滿而去又安知江海之深乎景公曰先生之譽得無太甚乎子貢曰臣賜何敢甚言尚慮不及耳臣譽仲尼譬猶兩手捧土而附泰山其無益亦明矣使臣不譽仲尼譬猶兩手把泰山無損亦明矣景公曰善豈其然善豈其然詩曰綿綿翼翼不測不克

一穀不升謂之鎌二穀不升謂之飢三穀不升謂之饉四穀不升謂之荒五穀不升謂之大侵大侵之禮君食不兼味臺榭不飾道路不除百官補而不

制鬼神禱而不祠此大侵之禮也詩曰我居御卒
荒此之謂也
古者天子為諸侯受封謂之采地百里諸侯以三十
里七十里諸侯以二十里五十里諸侯以十里其
後子孫雖有罪而絀使子孫賢者守其地世世以
祠其始受封之君此之謂興滅國繼絕世也書曰
茲予享于先王爾祖其從享之
梁山崩晉君名大夫伯宗道逢輦者以其輦服其道
伯宗使其右下欲鞭之輦者曰君趨道豈不遠矣
不知事而行可乎伯宗喜問其居曰絳人也伯宗

曰子亦有聞乎曰梁山崩壅河顧三日不流是以召伯宗曰如之何曰天有山天崩之天有河天壅之伯宗將如之何伯宗私問之曰君其率群臣素服而哭之既而祠焉河斯流矣伯宗問其姓名弗告伯宗到君問伯宗以其言對於是君素服率群臣而哭之既而祠焉河斯流矣君問伯宗何以知之伯宗不言受輦者詐以自知孔子聞之曰伯宗其無後攘人之善詩曰天降喪亂滅我立王又曰畏天之威于時保之

晉平公使范昭觀齊國之政景公錫之宴晏子在前

范昭趨曰願君之倅樽以爲壽景公顧左右曰酌
寡人樽獻之客晏子對曰徹去樽范昭不説起舞
顧太師曰子爲我奏成周之樂願舞太師對曰盲
臣不習范昭起出門景公謂晏子曰夫晉天下大
國也使范昭來觀齊國之政今子怒大國之使者
將柰何晏子曰范昭之爲人也非陋而不知禮也
是欲試吾君嬰故不從於是景公名太師而問之
曰范昭使子奏成周之樂何故不調對如晏子於
是范昭歸報平公曰齊未可并也吾試其君晏子
知之吾犯其樂太師知之孔子聞之曰善乎晏子

不出俎豆之間折衝千里詩曰實右序有周薄言震之莫不震疊

三公者何曰司空司馬司徒也司馬主天司空主土司徒主人故陰陽不和四時不節星辰失度災變非常則責之司馬山陵崩竭川谷不流五穀不値草木不茂則責之司空君臣不正人道不和國多盜賊下怨其上則責之司徒故三公典其職憂其分舉其辯明其隱此三公之任也詩曰濟濟多士文王以寧又曰明照有周式序在位言各稱職也

夫賢君之治也溫良而和寬容而愛刑清而省賞

而悪罰移風崇教生而不殺布恵施恩仁不偏與
不奪民力役不踰時百姓得耕家有收聚民無凍
餒食無腐敗士不造無用雕文不粥于肆斧斤以
時入山林國無佚士皆用於世黎庶歡樂衍盈方
外遠人歸義重譯執贄故得風雨不烈小雅曰觱
渰萋萋興雲祈祈以是知太平無飄風暴雨明矣
昨日何生今日何成必念歸厚必念治生日慎一日
完如金城詩曰我日斯邁而月斯征夙興夜寐無
忝爾所生
官怠於有成病加於小愈禍生於懈惰孝衰於妻子

察此四者慎終如始易曰小狐汔濟濡其尾詩曰
靡不有初鮮克有終
孔子燕居子貢攝齊而前曰弟子事夫子有年矣才
竭而智罷振於學問不能復進請一休焉孔子曰
賜也欲焉休乎曰賜欲休於事君孔子曰詩云夙
夜匪懈以事一人為之若此其不易也若之何其
休也曰賜欲休於事父孔子曰詩云孝子不匱永
錫爾類為之若此其不易也如之何其休也曰賜
欲休於事兄弟孔子曰詩云妻子好合如鼓瑟琴
兄弟既翕和樂且耽為之若此其不易也如之何

其休也曰賜欲休於畊田孔子曰詩云晝爾于茅宵爾索綯亟其乘屋其始播百穀為之若此其不易也若之何其休也子貢曰君子亦有休乎孔子曰闔棺兮乃止播兮不知其時之易遷兮此之謂君子所休也故學而不已闔棺乃止詩曰日就月將言學者也

魯哀公問冉有曰凡人之質而已將必學而後為君子乎冉有對曰臣聞之雖有良玉不刻鏤則不成器雖有美質不學則不成君子曰何以知其然也夫子路卞之野人也子貢衛之賈人也皆學問於

孔子遂為天下顯士諸侯聞之莫不尊敬卿大夫聞之莫不親愛學之故也昔吳楚燕代謀為一舉而欲伐秦桃賈監門之子也為秦往使之遂絕其謀止其兵及其反國秦王大悅立為上卿夫百里奚齊之乞者也逐於齊西無以進自賣五羊皮為一軛車見秦繆公立為相遂霸西戎太公望少為人壻老而見去屠牛朝歌賃於棘津釣於磻溪文王舉而用之封於齊管仲親射桓公遂除報讎之心立以為相存亡繼絕九合諸侯一匡天下此四子者皆嘗卑賤窮辱矣然其名聲馳於後世豈非

學問之所致乎由此觀之士必學問然後成君子
詩曰日就月將於是哀公喟然而笑曰寡人雖不
敏請奉先生之教矣
曾子有過曾晳引杖擊之仆地有間乃蘇起曰先生
得無病乎魯人賢曾子以告夫子夫子告門人參
來汝不聞昔者舜為人子乎小箠則待笞大杖則
逃索而使之未嘗不在側索而殺之未嘗可得今
汝委身以待暴怒拱立不去非王者之民其罪何
如詩曰優哉柔哉亦是戾矣又曰載色載笑匪怒
伊教

齊景公使人為弓三年乃成景公得弓而射不穿三
札景公怒將殺弓人弓人之妻往見景公曰蔡人
之子弓人之妻也此弓者太山之南烏號之柘騂
牛之角荊麋之筋河魚之膠也四物者天下之練
材也不宜穿札之少如此且妾聞奚公之車不能
獨走莫耶雖利不能獨斷必有以動之夫射之道
在手若附枝掌若握卵四指如斷短杖右手發之
左手不知此蓋射之道景公以為儀而射之穿七
札蔡人之夫立出矣詩曰好是正直

齊有得罪於景公者景公大怒縛置之殿下名左右

肢解之敢諫者誅晏子左手持頭右手磨刀仰而
問曰古者明王聖主其肢解人不審從何肢解始
也景公離席曰縱之罪在寡人詩曰好是正直
傳曰居處齊則色姝食飲齊則氣珍言語齊則信聽
思齊則成志齊則盈五者齊斯神居之詩曰既和
且平依我磬聲

魏文侯問狐卷子曰父賢足恃乎對曰不足子賢足
恃乎對曰不足兄賢足恃乎對曰不足弟賢足恃
乎對曰不足臣賢足恃乎對曰不足文侯勃然作
色而怒曰寡人問此五者於子一一以為不足者

何也對曰父賢不過堯而丹朱放子賢不過舜而瞽瞍頑兄賢不過舜而象敖弟賢不過周公而管叔誅臣賢不過湯武而桀紂伐望人者不至恃人者不久君欲治從身始人何可恃乎詩曰自求伊祜

湯作護聞其宮聲使人温良而寬大聞其商聲使人方廉而好義聞其角聲使人惻隱而愛仁聞其徵聲使人樂養而好施聞其羽聲使人恭敬而好禮詩曰湯降不遲聖敬日躋

孔子曰易先同人後大有承之以謙不亦可乎故天

道虧盈而益謙地道變盈而流謙鬼神害盈而福謙人道惡盈而好謙謙謙者抑事而損者也持盈之道抑而損之此謙德之於行也順之者吉逆之者凶五帝既沒三王既衰能行謙德者其惟周公乎文王之子武王之弟成王之叔父假天子之尊位七年所執贄而師見者十人所還質而友見者十二人窮巷白屋之士所先見者四十九人時進善者百人官朝者千人諫臣五人輔臣五人拂臣六人載干戈以至於封侯而同姓之士百人孔子曰猶以周公為天下貴則以同族為衆而異族為褻

也故德行寬容而守之以恭者榮土地廣大而守之以儉者安位尊祿重而守之以卑者貴人衆兵強而守之以畏者勝聰明睿智而守之以愚者哲博聞強記而守之以淺者不溢此六者皆謙德也易曰謙亨君子有終吉能以此終吉者君子之道也貴爲天子富有四海而德不謙以亡其身者桀紂是也而況衆庶乎夫易有一道焉大足以治天下中足以安家國近足以守其身者其惟謙德乎詩曰湯降不遲聖敬日躋

昔者田子方出見老馬於道喟然有志焉以問於御

者曰此何馬也曰故公家畜也罷而不為用故出放也田子方曰少盡其力而老去其身仁者不為也束帛而贖之窮士聞之知所歸心矣詩曰湯降不遲聖敬日躋

齊莊公出獵有螳蜋舉足將搏其輪問其御曰此何蟲也御曰此是螳蜋也其為蟲知進而不知退不量力而輕就敵莊公曰以為人必為天下勇士矣於是迴車避之而勇士歸之詩曰湯降不遲聖敬日躋

魏文侯問李克曰人有惡乎李克曰有夫貴者則賤

者惡之富者則貧者惡之智者則愚者惡之文侯
曰善行此三者使人勿惡亦可乎李克曰可臣聞
貴而下賤則衆弗惡也富而分貧則窮士弗惡也
智而教愚則童蒙者弗惡也文侯曰善哉言乎堯
舜其猶病諸寡人雖不敏請守斯語矣詩曰不遑
啓處

有鳥於此架巢於葭葦之顛天喟然而風則葭折而
巢壞何其所託者弱也稷蜂不攻而社鼠不薰非
以稷蜂社鼠之神其所託者善也故聖人求賢者
以輔夫吞舟之魚大矣蕩而失水則為螻蟻所制

失其輔也故曰不明爾德時無背無側爾德不明

以無陪無卿

十六

韓詩外傳

九之十

韓詩外傳卷第九

漢　燕人韓嬰著
皇和　南越鳥宗成校

孟子少時誦其母方織孟輟然中止乃復進其母知其諠也呼而問之曰何為中止對曰有所失復得其母引刀裂其織以此誡之自是之後孟子不復諠矣孟子少時東家殺豚孟子問其母曰東家殺豚何為母曰欲啖汝其母自悔而言曰吾懷妊是子席不正不坐割不正不食胎教之也今適有知而欺之是教之不信也乃買東家豚肉以食之明

不欺也詩曰亙爾子孫繩繩兮言賢母使子賢也
田子為相三年歸休得金百鎰奉其母母曰子安得
此金對曰所受俸祿也母曰為相三年不食乎治
官如此非吾所欲也孝子之事親也盡力致誠不
義之物不入於館為人子不可不孝也子其去之
田子愧慙走出造朝還金退請就獄王賢其母說
其義即舍田子罪令復為相以金賜其母詩曰亙
爾子孫繩繩兮言賢母使子賢也
孔子行聞哭聲甚悲孔子曰驅驅前有賢者至則皐
魚也被褐擁鎌哭於道傍孔子辟車與之言曰子

非有喪何哭之悲也皐魚曰吾失之三矣少而學
游諸侯以後吾親失之一也高尚吾志間吾事君
失之二也與友厚而小絶之失之三也樹欲靜而
風不止子欲養而親不待也往而不可得見者親
也吾請從此辭矣立槁而死孔子曰弟子誡之足
以識矣於是門人辭歸而養親者十有三人子路
曰有人於斯夙興夜寐手足胼胝而面目黧黑樹
藝五穀以事其親而無孝子之名者何也孔子曰
吾意者身未敬邪色不順邪辭不遜邪古人有言
曰衣歟食歟曾不爾即子勞以事其親無此三者

何為無孝之名。意者所友非仁人邪。坐語汝。雖有國士之力。不能自舉其身。非無力也。勢不便也。是以君子入則篤孝。出則友賢。何為其無孝子之名

詩曰。父母孔邇

伯牙鼓琴。鍾子期聽之。方鼓琴志在山。鍾子期曰。善哉鼓琴。巍巍乎如太山。志在流水。鍾子期曰。善哉鼓琴。洋洋乎若江河。鍾子期死。伯牙擗琴絶絃。終身不復鼓琴。以為世無足與鼓琴也。非獨琴如此。賢者亦有之。苟非其時。則賢者將奚由得遂其功哉。

秦攻魏，破之，少子亡而不得。令魏國曰：有得公子者，賜金千斤；匿者罪至十族。公子乳母與俱亡。人謂乳母曰：得公子者賞甚重，乳母當知公子處而言之。乳母應之曰：我不知其處，雖知之，死則死，不可以言也。為人養子，不能隱而言之，是畔上畏死。吾聞忠不畔上，勇不畏死。凡養人子者，生之，非務殺之也。豈可見利畏誅之故，廢義而行詐哉？吾不能生而使公子獨死矣。遂與公子俱逃澤中。秦軍見而射之，乳母以身蔽之，著十二矢，遂不令中公子。秦王聞之，饗以太牢，且爵其兄為大夫。詩曰：我心

匪石不可轉也
子路曰人善我我亦善之人不善我我不善之子貢
曰人善我我亦善之人不善我我則引之進退而
已耳顏回曰人善我我亦善之人不善我我亦善
之三子所持各異問於夫子夫子曰由之所言蠻
貊之言也賜之所言朋友之言也回之所言親屬
之言也詩曰人之無良我以為兄
齊景公縱酒醉而解衣冠鼓琴以自樂顧左右曰仁
人亦樂此乎左右曰仁人耳目猶人何為不樂乎
景公曰駕車以迎晏子晏子聞之朝服而至景公

曰今者寡人此樂願與大夫同之晏子曰君言過
矣自齊國五尺已上力皆能勝嬰與君所以不敢
者畏禮也故自天子無禮則無以守社稷諸侯無
禮則無以守其國為人上無禮則無以使其下為
人下無禮則無以事其上大夫無禮則無以治其
家兄弟無禮則不同居人而無禮不若遄死景公
色媿離席而謝曰寡人不仁無良左右淫湎寡人
以至於此請殺左右以補其過晏子曰左右無過
君好禮則有禮者至無禮者去君惡禮則無禮者
至有禮者去左右何罪乎景公曰善哉乃更衣而

坐觴酒三行晏子辭去景公拜送詩曰人而無禮
胡不遄死
傳曰堂衣若扣孔子之門曰丘在乎丘在乎子貢應
之曰君子尊賢而容衆嘉善而矜不能親內及外
己所不欲勿施於人子何言吾師之名焉堂衣若
曰子何年少言之絞子貢曰大車不絞則不成其
任琴瑟不絞則不成其音子之言絞是以絞之也
堂衣若曰吾始以鴻之力今徒翼耳子貢曰非鴻
之力安能舉其翼詩曰如切如磋如琢如磨
齊景公出弋昭華之池顏鄧聚主鳥而亡之景公怒

而欲殺之晏子曰夫鄧聚有死罪四請數而誅之景公曰諾晏子曰鄧聚爲吾君主鳥而亡之是罪一也使吾君以鳥之故而殺人是罪二也使四國諸侯聞之以爲吾君重鳥而輕士是罪三也天子聞之必將貶絀吾君危其社稷絶其宗廟是罪四也此四罪者故當殺無赦臣請加誅焉景公曰止此亦吾過矣願夫子爲寡人敬謝焉詩曰邦之司直

魏文侯問於解狐曰寡人將立西河之守誰可用者解狐對曰荆伯柳者賢人殆可文侯將以荆伯柳

為西河守荆伯柳問左右誰言我於吾君左右皆
曰鮮狐荆伯柳往見鮮狐而謝之曰子乃寬臣之
過也言於君謹再拜謝解狐曰言子者公也怨子
者吾私也公事已行怨子如故張弓射之走十步
而沒可謂勇矣詩曰邦之司直
楚有善相人者所言無遺美聞於國中莊主召見而
問焉對曰臣非能相人也能相人之友者也觀布
衣者其友皆孝悌篤謹畏令如此者家必日益而
身日安此所謂吉人者也觀事君者其友皆誠信
有行好善如此者措事日益官職日進此所謂吉

臣者也今主朝臣多賢左右多忠主有失敗皆交
爭正諫如此者國日安主日尊名聲日顯此所謂
吉主者也臣非能相人也觀友者也王曰善其所
以任賢使能而霸天下者始遇之於是也詩曰彼
已之子邦之彥兮
孔子出遊少源之野有婦人中澤而哭其音甚哀孔
子使弟子問焉曰夫人何哭之哀婦人曰鄉者刈
蓍薪亡吾蓍簪吾是以哀也弟子曰刈蓍薪而亡
蓍簪有何悲焉婦人曰非傷亡簪也蓋不忘故也
傳曰君子之聞道入之於耳藏之於心察之以仁守

之以信行之以義出之以遜故人無不虛心而聽
也小人之聞道入之於耳出之於口苟言而已譬
如飽食而嘔之其不惟肌膚無益而於志亦戾矣
詩曰胡能有定
孔子與子貢子路顏淵游於戎山之上孔子喟然嘆
曰二三子各言爾志予將覽焉由爾何如對曰得
白羽如月赤羽如朱擊鐘鼓者上聞於天下槊於
地使將而攻之惟由爲能孔子曰勇士哉賜爾何
如對曰得素衣縞冠使於兩國之間不持尺寸之
兵升斗之糧使兩國相親如弟兄孔子曰辯士哉

六

回爾何如。對曰。鮑魚不與蘭茝同笥而藏。桀紂不
與堯舜同時而治。二子已言。回何言哉。孔子曰。回
有鄙之心。顏淵曰。願得明王聖主爲之相。使城郭
不治。溝池不鑿。陰陽和調。家給人足。鑄庫兵以爲
農器。孔子曰。大士哉。由來區區。汝何攻。賜來便便。
汝何使。願得之冠爲子宰焉。賢士不以恥食。不以
辱得。老子曰。名與身孰親。身與貨孰多。得與亡孰
病。是故甚愛必大費。多藏必厚亡。知足不辱。知止
不殆。可以長久。大成若缺。其用不敝。大盈若沖。其
用不窮。大直若詘。大辯若訥。大巧若拙。其用不屈。

罪莫大於多欲。禍莫大於不知足。故知足之足常
足矣。
孟子妻獨居踞。孟子入戶視之。白其母曰。婦無禮。請
去之。母曰。何也。曰踞。其母曰。何知之。孟子曰。我親
見之。母曰。乃汝無禮也。非婦無禮。禮不云乎。將入
門。將上堂。聲必揚。將入戶。視必下。不掩人不備也。
今汝往燕私之處。入戶不有聲。令人踞而視之。是
汝之無禮也。非婦無禮也。於是孟子自責。不敢去
婦。詩曰。采葑采菲。無以下體。
孔子出衛之東門。逆姑布子卿。曰。二三子引車避。有

人將來。必相我者也。志之。姑布子卿亦曰。二三子引車避。有聖人將來。孔子下步。姑布子卿迎而視之五十步。從而望之五十步。顧子貢曰。是何為者也。子貢曰。賜之師也。所謂魯孔丘也。姑布子卿曰。是魯孔丘歟。吾固聞之。子貢曰。賜之師何如。姑布子卿曰。得堯之顙。舜之目。禹之頸。皋陶之喙。從前視之。盎盎乎似有王者。從後視之。高肩弱脊。此惟不及四聖者也。子貢吁然。姑布子卿曰。子何患焉。汙面而不惡。葭喙而不藉。遠而望之。羸乎若喪家之狗。子何患焉。子何患焉。子貢以告孔子。孔子無

所辭。獨辭喪家之狗。毋曰丘何敢乎。子貢曰。汙而
而不惡。葭喙而不藉。賜以知之矣。不知喪家狗何
足辭也。子曰。賜汝獨不見夫喪家之狗歟。既歛而
椁。布器而祭。顧望無人。意欲施之。上無明王。下無
賢士方伯。王道衰。政教失。強陵弱。衆暴寡。百姓縱
心。莫之綱紀。是人固以丘為欲當之者也。丘何敢
乎。
脩身不可不慎也。嗜慾侈則行虧。讒毀行則害成。患
生於忿怒。禍起於纖微。污辱難湔灑。敗失不復追。
不深念遠慮。後悔何益。徼幸者伐性之斧也。嗜慾

者逐禍之馬也。謾誕者趨禍之路也。毀於人者困
窮之舍也。是故君子不徼幸。節嗜慾。務忠信。無毀
於一人。則名聲尚尊。稱為君子矣。詩曰。何其處兮。
必有與也。

君子之居也。綏如安裘。晏如覆杅。天下有道則諸侯
畏之。天下無道則庶人易之。非獨今日。自古亦然。
昔者范蠡行遊。與齊屠地居。奄忽龍變。仁義沈浮。
湯湯慨慨。天地同憂。故君子居之。安得自若。詩曰。
心之憂矣。其誰知之。

田子方之魏。魏太子從車百乘而迎之郊。太子再拜

謁田子方。田子方不下車。太子不説曰。敢問何如則可以驕人矣。田子方曰。吾聞以天下驕人而亡者有矣。由此觀之。則貧賤可以驕人矣。夫志不得則授履而適秦楚耳。安往而不得貧賤乎。於是太子再拜而後退。田子方遂不下車。

戴晉生敝衣冠。而往見梁王。梁王曰。前日寡人以上大夫之祿要先生。先生不留。今過寡人邪。戴晉生欣然而笑。仰而永嘆曰。嗟乎。由此觀之。君曾不足與遊也。君不見大澤中雉乎。五步一噣。終日乃飽羽毛悅澤。光照於日月。奮翼爭鳴。聲響於陵澤者何彼樂其志也。援置之囷倉中。常噣粱粟。不旦時而飽。然猶羽毛憔悴。志氣益下。低頭不鳴。夫食豈不善哉。彼不得其志故也。今臣不遠千里而從君遊者。豈食不足。竊慕君之道耳。臣始以君為好士天下無雙。乃今見君不好士。明矣。辭而去。終不復往。

楚莊王使使齎金百斤。聘北郭先生。先生曰。臣有箕帚之使。願入計之。即謂婦人曰。楚欲以我為相。今日相。即結駟列騎。食方丈於前。如何。婦人曰。夫子以織屨為食。食粥毚履。無怵惕之憂者。何哉。與物無治也。今如結駟列騎。所安不過容膝。食方丈於前。所甘不過一肉。以容膝之安。一肉之味。而殉楚國之憂。其可乎。於是遂不應聘。與婦去之。詩曰。彼美淑姬。可與晤言。

傳曰。昔戎將由余使秦。秦繆公問以得失之要。對曰。古有國者未嘗不以恭儉也。失國者未嘗不以驕奢也。由余因論五帝三王之所以衰。及至布衣之所以亡。繆公然之。於是告內史王繆曰。隣國有聖人。敵國之憂也。由余聖人也。將奈之何。王繆曰。夫戎王居僻陋之地。未嘗見中國之聲色也。君其遺

之女樂以媱其志亂其政其臣下必諫因為由余
請緩期使其君臣有間然後可圖繆公曰善乃使
王繆以女樂二列遺戎王為由余請期戎王大悅
許之於是張酒聽樂日夜不休終歲媱縱卒馬多
死由余歸數諫不聽去之秦秦公子迎拜之上卿
遂并國十二辟地千里

子夏過曾子曾子曰入食子夏曰不為公費乎曾子
曰君子有三費飲食不在其中君子有三樂鐘磬
琴瑟不在其中子夏曰敢問三樂曾子曰有親可
畏有君可事有子可遺此一樂也有親可諫有君

可去有子可怒此二樂也有君可喻有友可助有
予可教此三樂也子夏曰敢問三費曾子曰少而
學長而忘此一費也事君有功而輕負之此二費
也久交友而中絕之此三費也子夏曰善哉謹身
事一言愈於終身之誦而事一士愈於治萬民之
功夫人不可以不知也吾嘗菑焉吾田朞歲不收
土莫不然何況於人乎與人以實雖疏必密與人
以虛雖戚必疏夫實之與實如膠如漆虛之與虛
如薄冰之見晝日君子可不留意哉詩曰神之聽
之終和且平

晏子之妻使人布衣紵表。田無宇譏之曰。出於室何
為者也。晏子曰。家臣也。田無宇曰。位為中卿食田
七十萬。何用是人為畜之。晏子曰。棄老取少謂之
瞽。貴而忘賤謂之亂。見色而說謂之逆。吾豈以逆
亂瞽之道哉。
夫鳳凰之初起也。翾翾十步之雀喔咿而笑之。及其
升於高。一詘一信。展而雲間。藩木之雀超然自知
不及遠矣。士褐衣縕著。未嘗完也。糲藿之食。未嘗
飽也。世俗之士。即以為羞耳。及其出則安百議用
則延民命。世俗之士。超然自知不及遠矣。詩曰。正

是國人胡不萬年
齊王厚送女欲妻屠牛吐屠牛吐辭以疾其友曰子
終死腥臭之肆而已乎何為辭之吐應之曰其女
醜其友曰子何以知之吐曰以吾屠知之其友曰
何謂也吐曰吾肉善而去若少耳吾肉不善雖以
吾附益之尚猶賈不售今厚送子子醜故耳其友
後見之果醜傳曰目如擗杏齒如編貝
傳曰孔子過康子子張子夏從孔子入坐二子相與
論終日不決子夏辭氣甚隘顏色甚變子張曰子
亦聞夫子之議論邪徐言誾誾威儀翼翼後言先

默得之雖讓巍巍乎蕩蕩乎道有歸矣小人之論也專意自是言人之非瞋目搤腕疾言噴噴口沸目赤一幸得勝疾笑嗌嗌威儀固陋辭氣鄙俗是以君子賤之也

卷六

十三

韓詩外傳卷第十

漢　燕人韓　嬰著

皇和　南越鳥宗成校

齊桓公逐白鹿至麥丘之邦遇人曰何謂者也對曰臣麥丘之邦人桓公曰叟年幾何對曰臣年八十有三矣桓公曰美哉與之飲曰叟盍為寡人壽也對曰野人不知為君王之壽桓公曰盍以叟之壽祝寡人矣邦人奉觴再拜曰使吾君固壽金玉之賤人民是寶桓公曰善哉祝乎寡人聞之矣至德不孤善言必再叟盍優之邦人奉觴再拜曰使吾

君好學士而不惡問賢者在側諫者得入桓公曰
善哉祝乎寡人聞之至德不孤善言必三叟盡優
之邦人奉觴再拜曰無使群臣百姓得罪於吾君
無使吾君得罪於群臣百姓桓公不說曰此言者
非夫前二言之祝叟其革之矣邦人潛然而涕下
曰願君熟思之此一言者夫前二言之上也臣聞
子得罪於父可因姑姊妹謝也父乃赦之臣得罪
於君可使左右謝也君乃赦之昔者桀得罪於臣
也至今未有為謝也桓公曰善哉寡人賴宗廟之
福社稷之靈使寡人遇叟於此扶而載之自御以

歸薦之於廟而斷政焉桓公之所以九合諸侯一
匡天下不以兵車者非獨管仲也亦遇之於是詩
曰濟濟多士文王以寧

鮑叔薦管仲曰臣所不如管夷吾者五寬惠柔愛臣
弗如也忠信可結於百姓臣弗如也制禮約法於
四方臣弗如也決獄折中臣弗如也執枹鼓立於
軍門使士卒勇臣弗如也詩曰濟濟多士文王以
寧

晉文公重耳亡過曹里鳧須從因盜重耳資而亡重
耳無糧餒不能行子推割股肉以食重耳然後能

行及重耳反國國中多不附重耳者於是里鳧須造見曰臣能安晉國文公使人應之曰予尚何面目來見寡人欲安晉也里鳧須曰君沐邪使者曰否鳧須曰臣聞沐者其心倒心倒者其言悖今君不沐何言之悖也使者以聞文公見之里鳧須仰首曰離國久臣民多過君君反國而民皆自危里鳧須又襲竭君之資避於深山而君以餧介子推割股天下莫不聞臣之為賊亦大矣罪至十族未足塞責然君誠赦之罪與驂乘遊於國中百姓見之必知不念舊惡人自安矣於是文公大悅從其

計使驂乘於國中百姓見之皆曰夫里鳧須且
誅而驂乘吾何懼也是以晉國大寧故書云文王
卑服即康功田功若里鳧須罪無赦者也詩曰濟
濟多士文王以寧
傳曰言爲王之不易也大命之至其太宗太史太祝
斯素服執策北面而弔乎天子曰大命既至矣如
之何憂之長也授天子策一矣曰敬享以祭永主
天命畏之無疆厥躬無敢寧授天子策二矣曰敬
之夙夜伊祝厥躬無怠萬民望之授天子策三矣
曰天子南面授於帝位以治爲憂未以位爲樂也

詩曰天難忱斯不易惟王

君子温儉以求於仁恭讓以求於禮得之自是不得

自是故君子之於道也猶農夫之耕雖不獲年之

優無以易也大王亶甫有子曰太伯仲雍季歷

有子曰昌太伯知大王賢昌而欲季為後也太伯

去之吳大王將死謂曰我死汝往讓兩兄彼即不

來汝有義而安大王薨季之吳告伯仲伯仲從季

而歸群臣欲伯之立季季又讓伯謂仲曰今群臣

欲我立季季又讓何以處之仲曰刑有所謂矣要

於扶微者可以立季季遂立而養文王文王果受

命而于孔子曰太伯獨見王季獨知伯見父
知父心故大王太伯王季可謂見始知終而能
志矣詩曰自太伯王季惟此王季因心則友則友
其兄則篤其慶載錫之光受祿無喪奄有四方此
之謂也太伯反吳吳以為君至夫差二十八世而
滅
齊宣王與魏惠王會田于郊魏王曰亦有寶乎齊王
曰無有魏王曰若寡人之小國也尚有徑寸之珠
照車前後十二乘者十枚奈何以萬乘之國無寶
乎齊王曰寡人之所以為寶與王異吾臣有檀子

者。使之守南城則楚人不敢為冠泗水上有十二
諸侯皆來朝吾臣有朌子者使之守高唐則趙人
不敢東漁於河吾臣有黔夫者使之守徐州則燕
人祭北門趙人祭西門從而歸之者十千餘家吾
臣有種首者使之備盜賊而道不拾遺吾將以照
千里之外豈特十二乘哉魏王慙不懌而去詩曰
辭之懌矣民之莫矣
東海有勇士曰菑丘訢以勇猛聞於天下遇神淵曰
飲馬其僕曰飲馬於此者馬必死曰以訢之言飲
之其馬果沈菑丘訢去朝服拔劍而入三日三夜

殺三蛟一龍而出雷神隨而擊之十日十夜眇
左目要離聞之往見之曰訢在乎曰送有喪者往
見訢於墓曰聞雷神擊子十日十夜眇子左目夫
天怨不全日人怨不旋踵至今弗報何也叱而去
墓上振憤者不可勝數要離歸謂門人曰菑丘訢
天下之勇士也今日我辱之人中是其必來攻我
暮無閉門寢無閉戶菑丘訢果夜來拔劍住要離
頸曰子有死罪三辱我以人中死罪一也暮不閉
門死罪二也寢不閉戶死罪三也要離曰子待我
一言來謁不肖一也拔劍不刺不肖二也刄先辭

後不肖三也。能殺我者是毒藥之死耳。苗丘訢引劒而去曰。嘻。所不若者天下惟此。子爾傳曰。公子目夷以辭得國。今要離以辭得身。言不可不文。猶若此乎。詩曰。辭之懌矣。民之莫矣。

傳曰。齊使使獻鴻于楚。鴻渇。使者道飲鴻。攫笞潰失。使者遂之楚曰。齊使臣獻鴻。鴻渇。道飲。攫笞潰失。臣欲亡為失而君之使不通。欲拔劒而死。人將以吾君賤士貴鴻也。攫笞在此。願以汙事楚王。賢其言。辯其詞。因留而賜之。終身以為上客。故使者必矜文辭。喻誠信。明氣志。解結申屈。然後可使也。詩

曰辭之懌矣民之莫矣
扁鵲過虢侯世子暴病而死扁鵲造宮曰吾聞國中卒有壤土之事得無有急乎曰世子暴病而死扁鵲曰入言鄭醫秦越人能治之庶子之好方者出應之曰吾聞上古醫曰弟父弟父之為醫也以莞為席以芻為狗北面而祝之發十言耳諸扶輿而來者皆平復如故子之方豈能若是乎扁鵲曰不能又曰吾聞中古之為醫者曰踰跗踰跗之為醫也搦木為腦芷草為軀吹竅定腦死者復生子之方豈能若是乎扁鵲曰不能中庶子曰苟如子之

方。譬如以管窺天以錐刺地所窺者大所見者小
所刺者巨所中者必如子之方豈足以變童子哉
扁鵲曰不然事故有昧投而中蟲頭掩目而別白
黑者夫世子病所謂尸蹶者以為不然試入診世
子股陰當温耳焦焦如有啼者聲若此者皆可活
也中庶子遂入診世子以病報虢侯聞之足跣而
起至門曰先生遠辱幸臨寡人先生幸而治之則
糞土之息得蒙天地載長為人先生弗治則先犬
馬填壑矣言未卒而涕泣沾襟扁鵲入砥鍼礪石
取三陽五輸為先軒之竈八拭之陽子同藥子明

灸陽子游按摩子儀反神子越扶形於是世子復生天下聞之皆以扁鵲能起死人也扁鵲曰吾不能起死人直使夫當生者起死者猶可藥而況生乎悲夫罷君之治無可藥而息也詩曰不可救藥言必亡而已矣

楚丘先生披蓑帶索往見孟嘗君孟嘗君曰先生老矣春秋高矣多遺忘矣何以教文楚丘先生曰惡君謂我老惡君謂我老意者將使我投石超距乎追車赴馬乎逐麋鹿搏豹虎乎吾則死矣何暇老哉將使我深計遠謀乎定猶豫而決嫌疑乎出正

辭而當諸侯乎。吾乃始壯耳。何老之有。子孟嘗君赧
然汗出至踵曰。文過矣文過矣。詩曰。老夫灌灌
齊景公遊于牛山之上。而北望齊曰。美哉國乎。鬱鬱
泰山。使古而無死者。則寡人將去此而何之。俯而
泣沾襟。國子高子曰。然。臣賴君之賜。疏食惡肉可
得而食也。駑馬柴車可得而乘也。且猶不欲死。況
君乎。俯泣。晏子曰。樂哉今日嬰之遊也。見怯君一
而諛臣二。使古而無死者。則太公至今猶存吾君
方今將被蓑笠而立乎畎畝之中。惟事之恤。何暇
念死乎。景公慙。而舉觴自罰。因罰二臣。

秦繆公將田而喪其馬求三日而得之於莖山之陽有鄙夫乃相與食之繆公曰此駿馬之肉不得酒者死繆公乃求酒徧飲之然後去明年晉師與繆公戰晉之左格右者圍繆公而擊之甲已墮者六矣食馬者三百餘人皆曰吾君仁而愛人不可不死還擊晉之左格右免繆公之死

傳曰卞莊子好勇母無恙時三戰而三北交游非之國君辱之卞莊子受命顏色不變及母死三年魯興師卞莊子請從至見於將軍曰前猶與母處是以戰而北也辱吾身今母沒矣請塞責遂走敵而

歸獲甲首而獻之請以此塞一北又獲甲首而獻之請以此塞再北將軍止之曰足不止又獲甲首而獻之曰請以此塞三北將軍止之曰足請為兄弟下莊子曰夫北以養母也今母歿矣吾責塞矣吾聞之節士不以辱生遂奔敵殺七十人而死君子聞之曰三北已塞責又滅世斷宗士節小具矣而於孝未終也詩曰靡不有初鮮克有終

天子有爭臣七人雖無道不失其天下昔殷王紂殘賊百姓絶逆天道至斮朝涉刳孕婦脯鬼侯醢梅伯然所以不亡者以其有箕子比干之故微子去

之箕子執囚爲奴比干諫而死然後周加兵不
絶之諸侯有爭臣五人雖無道不失其國吳王夫
差爲無道至驅一市之民以葬闔閭然所以不亡
者有伍子胥之故也胥以死越王勾踐欲伐之范
蠡諫曰子胥之計策尚未忘於吳王之腹心也子
胥死後三年越乃能攻之大夫有爭臣三人雖無
道不失其家季氏爲無道僭天子舞八佾旅泰山
以雍徹孔子曰是可忍也孰不可忍也然不亡者
以冉有季路爲宰臣也故曰有諤諤爭臣者其國
昌有默默諛臣者其國亡詩曰不明爾德時無背

無側爾德不明以無陪無卿言文土咨嗟痛殷商
無輔弼諫諍之臣而亡天下矣
齊桓公出遊遇一丈夫褒衣應步帶着桃殳桓公怪
而問之曰是何名何經所在何篇所居何以斥逐
何以避余丈夫曰是名二桃桃之為言亡也夫日
日慎桃何患之有故亡國之社以戒諸侯庶人之
戒在於桃殳桓公說其言與之共載來年正月庶
人皆佩詩曰殷監不遠
齊桓公置酒令諸侯大夫曰後者飲一經程管仲後
當飲一經程飲其一半而棄其半桓公曰仲父當

飲一經程而棄之何也管仲曰臣聞之酒入口者舌出舌出者棄身與其棄身不寧棄酒乎桓公曰善詩曰荒湛于酒

齊景公遣晏子南使楚楚王聞之謂左右曰齊遣晏子使寡人之國幾至矣左右曰晏子天下之辯士也與之議國家之務則不如也與之論往古之術則不如也王獨可以與晏子坐使有司束人過王王問之使言齊人善盜故束之是宜可以困之王曰善晏子至即與之坐圖國之急務辯當世之得失再舉再窮王默然無以續語居有間束徒以過

之。王曰。何為者也。有司對曰。是齊人善盜。束而詣
吏。王欣然大笑曰。齊乃冠帶之國。辯士之化。固善
盜乎。晏子曰。然。固取之。王不見夫江南之樹乎。名
橘。樹之江北。則化為枳。何則。地土使然爾。夫子處
齊之時。冠帶而立。儼有伯夷之廉。今居楚而善盜。
意土地之化使然爾。王又何怪乎。詩曰。無言不讎。
無德不報。
吳延陵季子遊於齊。見遺金。呼牧者取之。牧者曰。子
居之高。視之下。貌之君子。而言之野也。吾有君不
君。有友不友。當暑衣裘。君疑取金者乎。延陵子知

其從者請問姓字牧者曰子乃皮相之上也何
足語姓字哉遂去延陵季子立而望之不見乃止
孔子曰非禮勿視非禮勿聽
顏淵問於孔子曰淵願貧如富賤如貴無勇而威與
士交通終身無患難亦且可乎孔子曰善哉回也
夫貧而如富其知足而無欲也賤而如貴其讓而
有禮也無勇而威其恭敬而不失於人也終身無
患難其擇言而出之也若回者其至乎雖上古聖
人亦如此而已
齊景公出田十有七日而不反晏子乘而往比至衣

冠不正景公見而怪之曰夫子何遽乎得無有急
乎晏子對曰然有急國人皆以君為惡民好禽臣
聞之魚鼈厭深淵而就乾淺故得於釣網禽獸厭
深山而下於都澤故得於田獵今君出田十有七
日而不反不亦過乎景公曰不然為賓客莫應待
邪則行人子牛在為宗廟而不血食邪則祝人太
宰在為獄不中邪則太理子幾在為國家有餘不
足邪則巫賢在寡人有四子猶有四肢也而得代
焉不可患焉晏子曰然人心有四肢而得代焉則
善矣令四肢無心十有七日不死乎景公曰善哉

言。遂援晏子之手與驂乘而歸。若晏子者可謂善
諫者矣。
楚莊王將興師伐晉。告士大夫曰。敢諫者死無赦。孫
叔敖曰。臣聞畏鞭箠之嚴而不敢諫其父。非孝子
也。懼斧鉞之誅而不敢諫其君。非忠臣也。於是遂
進諫曰。臣園中有榆。其上有蟬。蟬方奮翼悲鳴欲
飲清露。不知螳螂之在後曲其頸欲攫而食之也。
螳螂方欲食蟬而不知黃雀在後舉其頸欲啄而
食之也。黃雀方欲食螳螂。不知童子挾彈丸在下。
迎而欲彈之。童子方欲彈黃雀。不知前有深坑後

有窟也此皆言前之利而不顧後害者也非獨昆
蟲衆庶若此也人主亦然君今知貪彼之土而樂
其士卒國不息而楚國以寧孫叔敖之力也
晉平公之時藏寶之臺燒士大夫聞者趨車馳馬救
火三日三夜乃勝之公子晏子獨束帛而賀曰甚
善矣平公勃然作色曰珠玉之所藏也國之重寶
也而天火之士大夫皆趨車走馬而救之子獨束
帛而賀何也有說則生無說則死公子晏子曰何
敢無說臣聞之王者藏於天下諸侯藏於百姓商
賈藏於箧匵今百姓之於外短褐不蔽形糟糠不

亢口虛耗而賦斂無已王收太半而藏之臺是天火之且臣聞之昔者桀殘賊海內賦斂無度萬民甚苦是故湯誅之爲天下戮笑今皇天降災於藏臺是君之福也而不自知變悟亦恐君之爲鄰國笑矣公曰善自今已往請藏於百姓之間詩曰稼穡維寶代食維好

魏文侯問里克曰吳之所以亡者何也里克對曰數戰而數勝文侯曰數勝國之福也其獨亡何也里克對曰數戰則民疲數勝則主驕驕則恣恣則極上下俱極吳之亡猶晚矣此夫差所以自喪於干

遂詩曰天降喪亂滅我立王

楚有士曰申鳴治園以養父母孝聞於楚王召之申
鳴辭不往其父曰王欲用汝何謂辭之申鳴曰何
舍為子乃為臣乎其父曰使汝有祿於國有位於
廷汝樂而我不憂矣我欲汝之仕也申鳴曰諾遂
之朝受命楚王以為左司馬其年遇白公之亂殺
令尹子西司馬子期申鳴因以兵之衛白公謂石
乞曰申鳴天下勇士也今將兵為之奈何石乞曰
吾聞申鳴孝也劫其父以兵使人謂申鳴曰子與
我則與子楚國不與我則殺乃父申鳴流涕而應

之曰始則父之子今則君之臣已不得為孝子矣安得不為忠臣乎援桴鼓之遂殺白公其父亦死焉王歸賞之申鳴曰受君之祿避君之難非忠臣也正君之法以殺其父又非孝子也行不兩全名不兩立悲夫若此而生亦何以示天下之士哉遂自刎而死詩曰進退惟谷

昔者太公望周公旦受封而見太公問周公何以治魯周公曰尊尊親親太公曰魯從此弱矣周公問太公曰何以治齊太公曰舉賢賞功周公曰後世必有劫殺之君矣後齊日以大至於霸二十四世

而田氏代之魯曰以削三十四世而亡由此觀之

聖人能知微矣詩曰惟此聖人瞻言百里

韓詩外傳大尾

鳥山宇内訓点

寶曆九己卯年春三月

書肆
東都　前川權兵衛
同　同　庄兵衛
皇都　錢屋忠兵衛
摂陽　高麗橋壹丁目　淺野弥兵衛梓

寛政十二年庚申正月發行
文政八年乙酉十月補刻
大阪心齋橋通安土町
書林 加賀屋善藏梓